U0095837

聯經經典

黑暗之心

Heart of Darkness

康拉德(Joseph Conrad)◎著
鄧鴻樹◎譯注

國科會經典譯注計畫

譯序
—— 讀了再說

如果只讀一本現代英國文學的作品，要選哪個作品才能闡示「現代」的多變、「英國」的相貌、「文學」的特質？〈黑暗之心〉不僅會是首選，也很可能是唯一的選擇。乍看之下，這種選擇好像出自期末試卷或死心塌地授課的學究。很少人會喜歡考試，很少人會喜歡嚴肅的經典文學。文學作品一旦被冠上「經典」的標籤，就必須背負原罪，如同瀕臨絕種的保育動物，有待不食人間煙火的專家去研究。尤其對後現代的讀者而言，閱讀的樂趣早已被上網的刺激所取代，就算一輩子只讀這本經典小說，面對書中怪異的情節，相信仍有許多人怎麼讀都讀不懂，查了滿滿的單字還是不解，最後只能草草放棄，上網去吧。

不過，耐得住性子的讀者將會發覺，〈黑暗之心〉的故事背景為遙遠的19世紀末葉，一點也不「現代」；內容敘述殖民異域的一段陰謀故事，題材其實一點也不「英國」。作者康拉德原為波蘭裔的英籍船長，自學英文十餘年就半路改行寫作，文體自成一格，不像一般的「文學」作品。然而，這些質異相斥的要素有其魔力，催化出嶄新的變異，讓百思不解的讀者有所領悟，懵懂中又有所體認，並促使讀者以全新的眼界審視文明、歷史與人

性：這就是經典的魔力。

　　譯者希望藉由〈黑暗之心〉的譯注讓讀者都能耐得住性子，體驗這股魔力。有興趣的讀者可先參看〈緒論〉部分，從傳記、歷史、文本等層面了解〈黑暗之心〉的時代意義。譯者考量〈黑暗之心〉的敘事手法與文化歷史背景之複雜，特針對晦澀處詳加注解，盼對讀者有所助益。在不影響中文語法的前提下，譯文盡可能忠實呈現原作獨有的語氣，並全數保有原文所用的破折號與刪節號，使讀者能感受到〈黑暗之心〉的異質性，並與百年前的英國讀者一樣，愈讀愈「怪」。

　　如果吃西瓜如羅青所言就有六種方法，解讀「愈讀愈怪」的經典必定是更加嚴苛的挑戰。但其中最有效的依舊是第一種方法——先讀再說。

　　本書為國科會經典譯注計畫的研究成果，在文學前途堪憂的時日能順利出版，首先特別要感謝國科會的補助與兩位審查人的寶貴意見。台東大學人文學院院長林文寶教授鼓勵有加，希望本書不辜負他的期許。承蒙英美語文學系溫宏悅主任提攜，感謝同仁王本瑛教授、柯文博教授、蔡欣純教授一路支持。英美系行政助理曾姜怡儀小姐、人文學院林淑芬專員、理工學院許淑珠專員的工作熱情，也一併致謝。要感謝的人太多了，有人最後謝天去了；在此則要謝謝眼前這片溫暖平靜的蔚藍大海，每當譯注工作告一段落之餘，讓我得以洗淨那揮之不去的「黑暗之心」。

鄧鴻樹
於東海岸

緒　論

一、〈黑暗之心〉的經典地位

康拉德(Joseph Conrad, 1857-1924)的〈黑暗之心〉("Heart of Darkness")是20世紀最具影響力的中篇小說[1]。〈黑暗之心〉作於1898年12月至1899年2月間，同年2月至4月以〈黑暗的中心〉("The Heart of Darkness")之篇名分三期連載於英國著名之《布萊克伍德雜誌》(*Blackwood's Magazine*)。故事記敘船員馬羅(Marlow)回顧其於異域參與「解救」任務，營救貿易站經理庫茲(Kurtz)一事，娓娓道出文明邊疆的陰謀故事，並藉庫茲「退化」(degenerate)、投身黑暗勢力的轉變過程，警寓現代文明之野蠻。

〈黑暗之心〉以短短的篇幅，如湯馬士・曼(Thomas Mann)

---

[1] 〈黑暗之心〉實屬篇幅較長的短篇小說(long short-story)。本譯本依照康拉德的用法，以篇名標之(英式標點" "；中式標點〈 〉)。原著之刪節號為有間隔之三點「. . .」，譯文標以「……」；譯者引用原文之省略則以「…」標之。

所言：「預言性地揭開了20世紀的序幕。」[2]現代主義代表詩人
艾略特(T. S. Eliot)之短詩〈空人〉("The Hollow Man")正是藉故
事中黑人小弟的「庫茲ㄙㄧㄢ生——他死」("Mistah Kurtz–he
dead")一句，諷刺現代人偶像崇拜之空虛及對文明發展之惶恐。
同期作家福特(Ford Madox Ford)早已指出，沒有其他現代文學
作品能比〈黑暗之心〉更迫切地揭發文明之虛偽、貪婪、好鬥[3]。

自從文學家李維斯(F. R. Leavis)的《大傳統》(The Great
Tradition)奠定康拉德於英國文學的經典地位，〈黑暗之心〉就成
爲文學批評的核心文本。本書不僅是20世紀研讀最多、印行最廣
的小說，也是各派理論鳴放的主要「戰場」[4]。心理分析、結構
主義、解構主義、同志研究、新歷史主義、後殖民主義、甚至後
現代主義，各派大師都曾藉〈黑暗之心〉探討文學研究之最新議
題[5]。尤其是以《東方主義》(Orientalism)開創文化與後殖民研

2　"Joseph Conrad's *Heart of Darkness* prophetically inaugurated the twentieth
　　century." Peter Kemp (ed.), *The Oxford Dictionary of Literary Quotations*
　　(Oxford: Oxford University Press, 1998), 292.

3　T. S. Eliot, "The Hollow Man" (1925), in *Collected Poems:1909-1962*
　　(1963; London: Faber and Faber, 1974), 87-92; Ford Madox Ford, *Mightier
　　than the Sword* (London: George Allen & Unwin, 1938), 93.

4　Peter Edgerly Firchow, *Envisioning Africa: Racism and Imperialism in
　　Conrad's* Heart of Darkness (Lexington: University of Kentucky Press,
　　2000), 3.

5　這些代表著作爲：J. Hillis Miller, *Poets of Reality: Six Twentieth Century
　　Writers* (Cambridge, MA: Harvard University Press, 1966); Paul Kirshner,
　　Conrad: The Psychologist as Artist (Edinburgh: Oliver & Boyd, 1968);
　　Edward Said, *Beginnings: Intention and Method* (Baltimore: Johns Hopkins
　　University Press, 1975), 100-37; Terry Eagleton, *Criticism and Ideology: A
　　Study in Marxist Literary Theory* (London: Verson, 1978), 130-40; Jeremy

究的薩依德(Edward Said)，其思想亦深受康拉德的影響。他的
早期研究以康拉德爲主 [6]，而其鉅作《文化與帝國主義》
(*Culture and Imperialism*)之中心思想更是透過〈黑暗之心〉之文
本分析才得以彰顯 [7]。薩依德於生前最後一次訪談時甚至表示，
〈黑暗之心〉以堅定無畏之姿處理非理性、未知的題材，遠勝於
任何文學作品 [8]。1977年尼日作家阿奇貝(Chinua Achebe)以〈黑
暗之心〉的種族主義爲題發表演講，公開宣示康拉德乃「該死的
種族主義者」("a bloody racist")[9]，顛覆康拉德的典律地位，引
發廣泛討論與爭議。雖然阿奇貝化約式的解讀值得商榷，他的說

（續）——————————

　　Hawthorn, *Joseph Conrad: Language and Fictional Self-Consciousness*
　　(London: Edward Arnold, 1979); Fredric Jameson, *The Political
　　Unconscious: Narrative as a Socially Symbolic Act* (New York: Cornell
　　University Press, 1981), 206-80; Edward Said, *The World, the Text and the
　　Critic* (London: Faber, 1984), 90-110; Aaron Fogel, *Coercion to Speak:
　　Conrad's Poetics of Dialogue* (Cambridge, MA: Harvard University Press,
　　1985).

6　見薩依德早年之博士論文 *Joseph Conrad and the Fiction of
　　Autobiography* (Cambridge, MA: Harvard University Press, 1969); 其
　　Beginnings: Intention and Method (New York: Columbia University Press,
　　1975) 廣泛論及康拉德作品。

7　"Two Visions in *Heart of Darkness*" in Said, *Culture and Imperialism*
　　(London: Chatto &Windus, 1993), 20-35.

8　Edward Said, "An Interview with Edward Said," in *Conrad in the Twenty-
　　First Century: Contemporary Approaches and Perspectives*, ed. by Carola
　　M. Kaplan, et al (New York: Routledge, 2005), 288.

9　見 "An Image of Africa: Racism in Conrad's *Heart of Darkness*,"
　　Massachusetts Review, 18: 4 (Winter 1977): 782-94. 阿奇貝日後出書時把
　　「該死的」(bloody)修改爲「不折不扣的」(thoroughgoing)。見*Hope and
　　Impediments: Selected Essays 1965-1987* (London: Heinemann, 1988), 1-13。

法碰觸到西方社會敏感的種族議題，深深影響康拉德研究的走向，立下後殖民批評的新里程碑，再次突顯複雜多樣的〈黑暗之心〉與大時代之密切關聯。

康拉德是現代英國文學裡耐人尋味的異客。他生於帝俄統治下的波蘭，繼承古老悠久的東歐文化；他通曉俄、法、德等語言，崇拜19世紀歐陸作家；他當船員周遊世界近二十年(1874至1894年)，從法籍水手一路做到英籍船長，親身造訪許多「黑暗」之處。康拉德直到二十多歲才學英文，37歲才出版小說；在寫第一本小說前，他只學了十多年的英文，還曾一度考慮用法文寫作。他於1886年歸化英國籍，日後於英國落地生根，但終其一生卻連有些簡單的英語都不會唸。多樣的人生讓他具有「作家船長」與「船長作家」的雙面性。與到過薩摩亞群島的史帝文森(Robert Louis Stevenson)、住過印度的吉卜林(Rudyard Kipling)，身染歐美文化的詹姆士(Henry James)等同期作家相比，康拉德的小說背景橫跨歐、亞、非三大洲；他無疑是現代英國文學史上最世界性(cosmopolitan)的作家。

康拉德的作品深刻反映了新舊世紀交替過程對人性之衝擊，替歷史所下的註腳遠超越國族分野。「整個歐洲造就了庫茲」；整個歐洲也塑造了康拉德。〈黑暗之心〉忠實呈現康拉德「異客」身分所表露的多元文化觀。面對文化與人性的衝突，〈黑暗之心〉得以歷久彌新在於康拉德並沒有提供答案，而是如同哲學家提供思索答案的過程。如馬羅指出：「一個故事並不具有核心意義，其含義不像堅果的核心，而是如同外殼，包覆著整個故

事。」(7)[10]因此〈黑暗之心〉運用許多「不可知」的詞藻(如李維斯指出：「神秘莫測」〔inscrutable〕、「難以想像」〔inconceivable〕等)[11]，不僅顯示〈黑暗之心〉欲表達的是超乎語言、小說文體之外的，還表示康拉德的寫作與馬羅說故事一樣極具「後設」與自覺。〈黑暗之心〉總結19世紀的小說傳統，另闢20世紀的小說新天地，借用改編的電影名稱來說，對文學的衝擊可謂寫下了「現代啓示錄」("apocalypse now")。

二、康拉德的黑暗之旅

1890年9月1日的晚上，比屬剛果的運補船比王號(*Roi des Belges*)靜靜泊在剛果河中游的史坦利瀑布站(Stanley Falls，現名Kisangani)。航程的疲憊加上高燒、痢疾不斷，船員早已疲憊不堪。夜幕逼走惡毒的烈日，招來致命的瘧蚊，大夥都躲到船艙提早就寢，昏睡過去。具有船長資格的英籍乘員科忍尼奧斯基(Józef Konrad Korzeniowsky)獨自在甲板徹夜未眠，默默品嚐難得的獨處時間。星空下一片漆黑陌生，河岸上可見魑魅般的樹影，鬼火般的燈火。瀑布聲中他聽見自己的心跳聲：這就是黑暗大陸。他終於實現童年夢想，來到黑暗深處。

不過在此文明前哨他並沒有嚐到夢想實現的喜悅。環顧四周，他覺得異常孤獨。這三個月來的溯游之旅讓他親眼目睹文明

10 爲方便讀者查閱，〈緒論〉與譯注之引文特以括號直接標示本譯本正文之頁碼。
11 詳見下文第六節的討論。

拓荒的慘狀，夜色因受苦的黑奴而愈形黑暗。非洲大陸淪為列強瓜分的大餅，「文明」雖為剛果流域帶來貿易，貪婪的征服慾望卻將這片大陸領向萬劫不復的深淵。如他日後描述當時的心境：「一股悲情深深籠罩在我身上。」科忍尼奧斯基的夢想在那晚的冥想裡幻滅，他腦海裡縈繞不去的是文明世界的虛偽及其黑暗之心。他回憶道：「想到報紙上乏善可陳的『宣傳花招』與那些卑鄙的瓜分玷污了人類歷史與地理探勘，就令人反感。男孩夢想中理想化的現實就這樣幻滅了！」[12]

這趟剛果行令他差點死於痢疾與瘧疾，帶來一輩子的痛風與憂鬱症，使他身心徹底受損。但這段刻骨銘心的經歷也帶來轉機，讓他脫胎換骨。如友人嘉納(Edward Garnett)轉述其告白：在這之前，「早年跑船的日子他『腦袋空空』。『我是不折不扣的動物。』」[13]四年後(1894年)這位波蘭裔的英籍船長毅然決然改行寫小說，化名康拉德(Joseph Conrad)；而這如夢魘般揮之不去的黑暗之旅將於八年後化為現代英國文學的經典之作〈黑暗之心〉。如傳記家奧比(G. Jean-Aubry)指出，剛果行乃康拉德人生的轉捩點：「非洲扼殺了水手康拉德，但塑造了小說家康拉德。」[14]

---

12 Joseph Conrad, "Geography and Some Explorers," *Last Essays* (London: J. M. Dent and Sons, 1955), 17.

13 Edward Garnett, *Letters from Conrad: 1895-1924* (London: The Nonesuch Press, 1928), xii. 嘉納是最早賞識康拉德才華的文人。他推薦康拉德首部小說的出版。

14 G. Jean-Aubry, *Joseph Conrad: Life and Letters* (London: Heineman, 1927), Vol. I, 141-2.

　　康拉德於1878年成為英國商船（British Merchant Service）船員，從見習生做起，通過各級考試，駕馭複雜的帆船航海技術，不到十年（1886年11月）便獲得船長資格。不過當時英國每年有近千人拿到帆船船長資格，可供指揮的帆船卻逐年遞減[15]。偉大的帆船時代已經落幕，帆船水手「跑船」的日子越來越辛苦。1890年代帆船數量急遽衰減，繼以代之的是載貨量更大的蒸汽船。因此，甫獲船長資格的康拉德並沒有如願找到職務。在生活壓力下，他於1887年2月與船東簽約，降級擔任高地森林號（*Highland Forest*）的大副，航向爪哇，展開為期四個月的遠東之行。在三寶瓏（Semarang）港口卸貨時，因操作失當被吊桿擊傷背部，被迫離職前往新加坡住院休養。這段期間他首度窺探神秘的東方世界。同年8月出院後他轉任蒸汽船維達號（*Vidar*）的大副一職，航遍婆羅洲與爪哇附近各大港口。但康拉德難以適應單調的蒸汽船生活，急於尋找帆船船長的職務，便於1888年1月辭職。恰巧曼谷有艘帆船渥太哥號（*Otago*）有船長缺，他於是前去爭取。他指揮這艘船約一年，航行於雪梨、模里西斯、墨爾本間。當時康拉德已在亞洲獨自闖蕩近兩年，船長的路走得並不順利，他於是決定辭職返回歐洲（1889年3月）。

　　〈黑暗之心〉頗具自傳性，如康拉德於序言中指出，〈黑暗之心〉與〈青春〉（"Youth"）一樣都是「經驗的紀錄」，唯〈黑暗之心〉是從真人真事衍生而來[16]。如馬羅所言：「要弄清楚這

15　Jeffrey Meyers, *Joseph Conrad: A Biography*（1991; New York: Copper Square Press, 2001）, 114.
16　"Author's Note," in *Youth: A Narrative and Two Other Stories*（London: J.

件事對我的影響，就要先了解我怎麼到那邊、看到了什麼。」
(10)跟馬羅一樣，康拉德的剛果之行是爲現實所迫的無奈選擇：
「你們記得我那次回倫敦，跑遍印度洋、太平洋、中國海——定
期的東方之旅——六年多前，整天閒混…這樣過一陣子還不錯，
但不久就閒得發慌。就想找條船——最難辦不過了。但沒船要
我。」(10)從渥太哥號離職後，康拉德失業一年半才找到工作，
而新職務的工作環境是歷年來最差的：到非洲內地指揮一艘破爛
不堪的小蒸汽船。馬羅找工作有賴親戚動用關係，運作「權威人
士」(12)；康拉德能獲得新職務亦多虧當時在倫敦經營船務公司
的有力人士克萊格(Adolf Krieger)幫忙。在其推薦下他獲得面談
的機會，1889年11月前往布魯塞爾拜訪比屬剛果上游商業有限公
司(the Société Anonyme Belge pour le Commerce du Haut-Congo)
的董事長帝斯(Albert Thys)。但當時並無合適職位，要到1890年
4月公司有位船長意外身亡(與馬羅境遇相仿)，康拉德才接獲通
知須即刻前往剛果遞補職缺。

　　康拉德於1890年5月10日搭船從法國波多港(Bordeaux)出
發，經非洲西岸前往剛果，跟馬羅一樣徐徐邁向黑暗深處。讀者
可從馬羅的描述窺探當時康拉德的心境：

> 死亡與貿易在那裡歡樂舞蹈，氣氛猶如悶熱的地下墓
> 室，寧靜、充滿泥土味；一路上惡浪環伺無形的海岸，
> 彷彿大自然想把入侵者擋開；迂迴曲折的河道——人世

(續)————————————————
　　　M. Dent and Sons, 1923), xi.

間的死亡之川，河床腐蝕成淤泥，河水濃稠，盡是爛
泥——遍布扭曲的紅樹林，似乎因我們而苦，處於極端
無助絕望的困境。我們每處皆停留不久，對這些地方都
無具體印象，但我漸感受到一股莫名難耐的迷惑。這種
感覺就好像苦悶的朝聖之旅，靈夢將降。(20)

　　6月12日康拉德抵達剛果河河口大城波馬(Boma，相當於故
事裡的「政府所在地」)，改搭小船繼續航向上游30哩處的馬塔
地(Matadi，即公司總部)，因河道難以航行，6月28日康拉德一
行三十多人採步行的方式前往上游200哩遠的金夏沙(Kinshasa，
即中央貿易站)。歷經36天的長途跋涉，8月2日抵達時他才得知
原本要指揮的蒸汽船佛羅里達號(*Florida*)船身受損，無法啓
航。他只好改搭比王號繼續前往上游的史坦利瀑布站(即內陸基
地)。9月6日回航時船上搭載了病重命危的公司代表克萊恩
(George Antoine Klein，康拉德手稿顯示他原本要以Klein稱呼庫
茲)。當時比王號的船長生病無法視事，康拉德即代理船長職
務，9月15日船長康復後才交還指揮權。幾天後康拉德也染上嚴
重的痢疾，差點死於回程途中。
　　康拉德出發前簽下三年合同，一心一意想到非洲發揮所長，
當上船長，實現童年夢想。可是這趟剛果行只讓他當了十天的船
長，還差點要了他的命。康拉德與公司經理德孔繆(Camille
Delcommune)相處極爲不睦，彼此互相厭惡，使他意識到在非洲
的路子必定坎坷，於是便以健康爲由提早解約，於1891年1月返
抵英國。促使康拉德遠離非洲的主因可能就是因爲他與周遭的白

人格格不入。跟馬羅一樣，康拉德在剛果流域見識到「事實眞相」──「文明人」的貪婪與醜陋，「好像目睹預兆般」(23)深感震撼。他在馬塔地開始用英文寫日記以爲慰藉。第一則日記就顯示他早已決定要與當地白人劃清界線：「我想我跟這些白人在一起一定不好過。盡可能避免結交朋友。」他早已洞察白人的「黑暗之心」：「此地社交風氣的特質：大家互相攻訐。」[17]

康拉德的剛果行使他鄙視汲汲營利的歐洲商賈與高傲的「文明人」，刻意與人保持距離的自我防衛心態深化了心中的疏離感：他永遠是個局外人。如傳記權威奈傑(Zdzisław Najder)指出，康拉德的剛果行令他否定「陸上族群」(land-dwelling community)的價值觀[18]。不論是早期的海上小說、中期的政治小說、或是具浪漫(romance)文風的晚期小說，康拉德的作品在在呈現「陸地」與「海洋」的鴻溝：陸地充滿誘惑，腐化人心；海洋提昇心智，造就英雄[19]。〈黑暗之心〉的馬羅與康拉德一樣永遠心繫大海：「浪濤聲有如兄弟之音，帶來喜樂。是自然的，有其道理，有其意義。」(19)

不過在馬塔地他倒結識了影響至深的「岸上人」凱斯曼(Roger Casement)。凱斯曼已在非洲多年，當時受雇於運輸公

---

17 "The Congo Diary," 13, 24 June, 1890, *Last Essays* (London: J. M. Dent and Sons, 1955), 161.

18 Zdzisław Najder, *Joseph Conrad: A Chronicle* (Cambridge: Cambridge University Press, 1983), 141.

19 如長篇小說《諾斯楚摩》(*Nostromo*, 1904)所示，陸上殖民事業徹底腐化人心；最後一部小說《流浪者》(*The Rover*, 1923)更顯示陸地是血腥殘暴的，唯有投身大海才有救贖的機會。

司，負責籌劃馬塔地至金夏沙的鐵路。愛爾蘭裔的凱斯曼極度關
懷人權，他藉工作之便深入了解殖民內幕，窺探種種慘狀，見義
勇爲的他日後(1903年)還發起運動，控訴比屬剛果奴役非洲人的
暴行。馬羅的感嘆忠實呈現相同的人道關懷：「我見識過暴力、
貪婪、慾望這些魔鬼；但是，哎呀！這些強大、貪得無厭、眼睛
布滿血絲的魔鬼所支配、所驅使的是人——聽清楚，是人啊。」
(23)1916年凱斯曼因支持愛爾蘭武裝暴動被控叛國罪處死，康拉
德晚期對他不免語多保留[20]。但凱斯曼無疑促使康拉德揭發文明
假貌，批判殘暴的殖民主義。1903年康拉德向摯友葛拉罕
(Cunninghame Graham)大力推崇凱斯曼，因爲「他會告訴你很
多事情！我試著忘卻的事情；我不懂的事情。」[21]

三、「俗世的夢想，邦聯的萌芽，帝國的興起」

〈黑暗之心〉的敘事者「於泰晤士河下游喚起思古懷舊之
情」(5)，慷慨激昂的開場白道出帝國光榮的興起：「不論是尋
寶者或是追求名利者，皆曾順流而下，一手拿劍，另手則舉著火
把，替大君下召，遠傳文明聖火。多少英雄曾於此破浪而行，航
向神秘未知的世界！……俗世的夢想，邦聯的萌芽，帝國的興

---

20 雖然康拉德來自受政治迫害的波蘭，諷刺的是他並不認同愛爾蘭民族
　　主義，認爲愛爾蘭的反英行動是一種背叛。凱斯曼被捕後，許多英國
　　文人連署上書，懇求特赦，但康拉德卻拒絕加入連署。見Najder,
　　414。

21 Najder, 140.

起。」(5-6)1890年當康拉德在剛果首嚐人性黑暗之時,該地區
已被「一手拿劍,另手則舉著火把」的「文明先鋒」開墾近二十
年。關鍵人物首推英裔的美籍探險家史坦利(Henry Morton
Stanley)與其「大君」——比利時國王李奧波二世(King Leopold
II)。在他們兩人的策劃下,歐洲人終於實現「俗世的夢想」,
瓜分整個大陸,開拓帝國新疆域。

　　1871年史坦利以營救英籍傳教士李文斯頓(David
Livingstone)而聞名歐洲。1874至1877年間,史坦利在英美兩大
報社(*Daily Telegraph*與*New York Herald*)贊助下,由東向西橫越
中非,探索剛果流域,試圖尋找尼羅河源頭,傳布基督教義,以
完成李文斯頓未竟的心願。沿途史坦利成就許多地理「新發
現」,讓地圖「填滿許多河名、湖名、地名。」(11)他首次沿著
洛拉巴河(Lualaba)而下,證明此河是剛果河上源,並非尼羅河
源頭。史坦利的探險打通了東非尚吉巴(Zanzibar)經剛果河通往
大西洋的路徑,正式開啟剛果門戶。

　　李奧波野心勃勃,對地理探險附帶的經濟價值極感興趣,時
常留意史坦利捎回報社的最新消息。1878年1月史坦利返抵歐洲
時,李奧波便派遣特使前去接洽合作一事,欲藉助其力共同開發
剛果地區[22]。同年史坦利出版剛果探險遊記《橫越黑暗大陸》
(*Through the Dark Continent*),不僅熱賣,日後還再版多次,成
為家喻戶曉的探險英雄。1876年至1878年李奧波先後創立國際非

22　Henry Morton Stanley, *The Congo and the Founding of Its Free State: A
　　Story of Work and Exploration* (London: Sampson Low, Marston, Searle,
　　and Rivington, 1885), Vol. I, 21.

洲協會(Association Internationale Africaine)與剛果上游探查委員
會(Comité d'Etudes du Haut-Congo)，1882年更成立國際剛果協
會(Association Internationale de Congo)，以人道援助爲幌子，掩
護剛果開發計畫。因英美兩國對剛果不感興趣，史坦利便接受李
奧波的提議，1879年2月在其贊助下繼續深入剛果流域，完成兩
次探險任務(1879至1882年，1882至1884年)，除地理探勘外，還
籌設道路、開拓河道、設置基地，完成許多基礎建設[23]。

　　1879至1884年間的剛果探險與先前最大的不同在於政治結盟
取代地理探勘。1882年起短短兩年，史坦利成功遊說450位酋長
簽下不平等條約，將各部落主權移交至國際剛果協會名下。如史
學家威斯林(H. L. Wesseling)指出，國際剛果協會的成功讓李奧
波更加得寸進尺，大剌剌地將剛果開發事業轉變爲創建國家的帝
國事業[24]。李奧波的野心讓歐洲各國深感不安，列強特於1884年
11月至1885年2月舉辦柏林會議(Berlin Conference)，協商彼此利
益，劃分瓜分版圖。搶先起步的李奧波成爲最大的受惠者：柏林
會議承認由國際剛果協會改制而成的剛果自由邦(Congo Free
State)，主權歸李奧波獨有。「剛果」從一個河流的名稱蛻變成

23　有關史坦利探險的要述，見Adam Hochschild, *King Leopold's Ghost: A
　　Story of Greed, Terror, and Heroism in Colonial Africa* (New York:
　　Houghton Mifflin, 1998), 47-60。
24　H. L. Wesseling, *Divide and Rule: The Partition of Africa, 1880-1914* (1991;
　　London: Praeger, 1996), 73-103; 98-119; Scott B. Cook, *Colonial
　　Encounters in the Age of High Imperialism* (New York: Harper Collins,
　　1996), 33-64.

嶄新的領土[25]。柏林會議後,「爭奪非洲」(Scramble for Africa)[26]的競賽正式浮上檯面。英、法、德、義、比利時等帝國競相開發非洲,僅短短十年間,中非地圖已不再「空白」,「變成了黑暗之處」(11)。

四、「整個歐洲造就了庫茲的誕生」

康拉德停留於剛果的期間(1890年6月至12月),史坦利甫完成最後一次非洲探險。1887至1889年間,史坦利率領英國大亨麥金儂(William Mackinnon)贊助的艾明拯救探險隊(Emin Pasha Relief Expedition),深入剛果上游區域,前往埃及所屬的蘇丹(Sudan)南部,協助因馬赫迪回教徒(Mahdist)暴動而受困的省長艾明(Emin Pasha)撤退[27]。如非洲殖民史學家貝克南(Thomas Pakenham)指出,此任務絕非單純的人道救援行動,而是別有所圖[28]。史坦利與麥金儂皆熟識李奧波,想當英雄的史坦利誰也不得罪,特地規劃複雜的探險路線以滿足各方需求:東行出海的路線有助於鞏固英國於東非的影響力,可制衡德國在東非日益茁壯的勢力,有利於麥金儂所代表的英國利益(麥金儂為英屬東非公

---

25 Hochschild, 66.

26 詞初見於1884年,泛指1876至1912年間歐洲列強對非洲的瓜分競賽。詳見Thomas Pakenham, *The Scramble for Africa, 1876-1912* (London: Weidenfeld and Nicolson, 1991)。

27 艾明原名史奈哲(Eduard Schnitzer),為德國人。"Pasha"乃首長職稱,"Emin"有「忠誠者」之意。

28 Pakenham, *The Scramble for Africa*, 310-35.

司之董事）；而由西向東深入剛果的路線則令李奧波尤其歡心，因此路線將可首度建立剛果地區與尼羅河區域的通路，也可拓展剛果自由邦的腹地[29]。

　　1889年11月初，康拉德在布魯塞爾與帝斯會面，等候機會前往非洲；該月底，史坦利任務成功的消息已傳遍歐洲，英美各大報均大幅報導。隔年5月史坦利返抵英國，受到英雄式的熱烈款待。他獲頒英國皇家地理學會（Royal Geographical Society）及歐洲各大地理協會的獎章，並榮獲牛津、劍橋等大學頒予榮譽博士學位，聲望如日中天。1890年6月正值康拉德的剛果行展開序幕之際，史坦利出版《最黑暗的非洲深處》（In Darkest Africa），如冒險小說般記述驚險的營救任務，首版便賣出一空，共銷售了15萬冊。史坦利成為家喻戶曉的知名人士，名聲更勝於皇室[30]。如康拉德學者謝理(Norman Sherry)指出，1890年夏，報章頭條關於史坦利的報導勢必引起康拉德注意，可體認到本身剛果行所處的時代環境[31]。康拉德在史坦利瀑布站所想到的「報紙上乏善可

29　Iain R. Smith, *The Emin Pasha Relief Expedition, 1886-1890* (Oxford: The Clarendon Press, 1972), 55, 78; Pakenham, *The Scramble for Africa,* 313; Roger Jones, *The Rescue of Emin Pasha: The Story of Henry M. Stanley and the Emin Pasha Relief Expedition, 1887-1889* (London: Allison and Busby, 1972), 80-1.

30　見 Smith, *The Emin Pasha Relief Expedition*, 294-5；與 Henry Morton Stanley, *In Darkest Africa or the Quest Rescue and Retreat of Emin, Governor of Equatoria, 2 Vols.* (London: Sampson Low, Marston, Searle and Rivington, 1890), Vol. II, 433-41; *The Autobiography of Sir Henry Morton Stanley*, ed. by Dorothy Stanley (1909; New York: Greenwood Press, 1969)。

31　Norman Sherry, *Conrad's Western World* (Cambridge: Cambridge

陳的『宣傳花招』」("a prosaic newspaper 'stunt'")極可能是針對史坦利的報導而言,而「卑鄙的瓜分」("the vilest scramble for loot")無疑點名瓜分非洲的競賽。

康拉德夢想幻滅的主因在於純粹的地理探勘已不復存在。他認為發現紐澳的庫克船長(James Cook)、極地探險家富蘭克林(John Franklin)、傳教士兼探險家李文斯頓等探險英雄皆為尋求「真理」而將生命奉獻給地理學,並非渴望財富:此專一、無私的「戰鬥性地理」(militant geography)是帝國擴張對文明的貢獻[32]。1890年代歐洲人探勘剛果完全悖離此光榮傳統,取而代之的是假文明之名的帝國創建。迫害人權的剛果「自由邦」為最佳例證:當地人一點也不「自由」。開發剛果的初期,李奧波大言不慚地於布魯塞爾地理會議中宣示:「要將文明傳至世上唯一尚未啟蒙之處、要突破環伺這塊大地的黑暗,我敢說此乃文明進步的當代最值得從事的神聖任務。」[33]史坦利探險之餘還不忘出版《橫越黑暗大陸》與《最黑暗的非洲深處》繼續宣揚此「穿透黑暗」的理念,營造「教化任務」(civilizing mission)的表象。〈黑暗之心〉裡馬羅遇見的「淘金探險隊」最能代表這種虛偽的地理探勘:「他們的慾望僅是要從大地深處掠奪財寶出來,背後根本毫無道德目標。」(45-6)歐洲各國於1889至1890年舉辦布魯塞爾會議,進一步協商彼此利益,徹底瓜分剛果。如著名的偵探小說家柯南道爾於《剛果的罪行》指出,各國膽敢厚顏無恥地宣稱所訂

(續)————————————
　　　University Press, 1971), 14.
32　Conrad, "Geography and Some Explorers," *Last Essays*, 10-16.
33　Pakenham, 21.

條款將有效保障原住民權益，未來史學家必會恥笑列強的虛
假[34]。

　　〈黑暗之心〉寫作之初，康拉德寫信給出版商布萊克伍德
(William Blackwood)透露故事題材：「談及在非洲無能、自私
的教化工作之禍害，是個無可非議的點子。這題材很明顯是屬於
我們的時代。」[35]庫茲跟史坦利一樣，也「有遠大的計畫」
(101)，也替報社寫文章，爲的就是掩飾自私利己的教化任務。
如庫茲所言：「你要讓他們知道你身上潛藏著十分有利可圖的東
西，如此你的能力將獲得賞識，無窮無盡…當然，你必須處理動
機的問題──正當動機──不管怎樣都要。」(106)只要動機
「正當」，師出有名，「有利可圖」的機會便接踵而至。〈黑暗
之心〉裡馬羅對庫茲的批判所考量的關鍵乃「處理動機」的問
題。敘事者開宗明義點出「處理動機」的重要：

> 仔細研究的話，征服世界其實不是什麼好事，往往就是
> 搶奪膚色不同或鼻子比我們稍扁的人。只能靠信念來救
> 贖我們了。在征服背後的信念，不是矯揉造作的藉口，
> 而是真的信念；再加上對信念無私的信仰──可以樹
> 立、膜拜、爲之犧牲的東西……(9-10)

34　Gene M. Moore（ed.）, *Joseph Conrad's Heart of Darkness: A Casebook*
　　(Oxford: Oxford University Press, 2004), 101-2.

35　1898年12月31日，見Frederick Karl and Laurence Davies（ed.）, *The Collected*
　　Letters of Joseph Conrad (Cambridge: Cambridge University Press, 1983),
　　Vol. II, 139-140。

康拉德所謂「戰鬥性」探險先鋒,正是「一手拿劍,另手則舉著火把」,心懷「眞的信念」,救贖了武力征服的殘暴面。泰晤士河見證大英帝國的崛起,滔滔河水象徵救贖信念(redeeming idea)的綿延不絕。走入黑暗的庫茲爲馬羅帶來棘手問題:如果救贖信念淪爲「矯揉造作的藉口」,供人奉爲圭臬,「可以樹立、膜拜、爲之犧牲」,那該如何看待「征服世界」的遠大計畫?

庫茲的「母親具一半的英國血統,父親則是一半的法國人。整個歐洲造就了庫茲的誕生。」(73)庫茲在黑暗深處獨自建立私人的象牙帝國,教化任務中「劍」的重要性凌駕於「火把」之上,他的崛起是歐洲列強瓜分非洲的最佳寫照。如庫茲替「國際抑止蠻風協會」所撰寫的報告所言:

> 我們白人「必定要以超自然形體之姿在他們[野蠻人]面前呈現出自己──接觸他們的時候,我們要發揮如神明所具的威力」,等等,等等。「如此一來,我們僅須運用心意,便可永久行使力量,無窮無盡。」(74-5)

庫茲的論點就像當時報章的政治宣傳,有蠱惑人心之效。如馬羅指出:

> 從這個論點他繼續飛騰昂揚地講下去,把我帶著走。結尾眞是精彩,不過很難記住。好比令人敬畏的仁君麾下浩瀚無盡的異域。讀起來讓我熱情澎湃。這就是雄辯的無限力量──言語的力量──熱切高貴的言語。(74-5)

不過，馬羅讀到最後才頓然發覺庫茲的雄辯實為詭辯，「令人敬畏的仁君」暗中盤算著不可告人的屠殺計畫，「熱切高貴的言語」實掩飾著腥紅冷血的暴行：

> 毫無跡象顯示有什麼會打斷神奇流暢的語句，除非最後一頁下方的注腳──顯然是文章完成很久後才以顫抖的手草草寫上去的──可視作一種方法的闡述。內容很簡潔，深切地訴諸於全然無私的情感，末尾有一行醒目文字，寫得清清楚楚、望之生畏，猶如晴天霹靂：「把野蠻人通通幹掉！」(75)

庫茲「全然無私的情感」不但沒能救贖武力征服的殘暴面，反而造就出全然無情地征服手段：他「以雷霆萬鈞之姿」操控當地部落，為搜刮象牙而不擇手段「洗劫整片區域」、「想殺誰就殺誰，誰也奈何不了他」(86)，甚至公然展示「叛賊的頭顱」(90)。懷柔教化蛻變為軍事蠻力，所作所為完全悖離文明正道。「冠冕堂皇的層層雄辯隱藏了他心裡荒蕪的黑暗」：庫茲不敵「財富與聲望」的誘惑，成了「徒有其名的冒牌貨」，「渴望著虛名、營造功成名就假象的幽魂。」(106)

五、「無法言傳的恐怖黑暗處」

「稟賦非凡」的庫茲藉「說話的才能」掩飾其屠殺的潛能，「從不可探知的黑暗之心所傳出的欺瞞之語」(70)展現恐怖的殺

氣。庫茲好比馬羅的蒸汽船，形同「從別的世界殘存下來的髒東西」(106)，象徵「屠殺」與「賜福」自我矛盾的組合。庫茲信誓旦旦告訴馬羅他「將完成豐功偉業」(101)；但馬羅後來才明瞭原來「驅使他到那邊去的理由是因為他無法忍受自己比別人窮」(118)，並非為了文明而要有所建樹。庫茲本是一文不值的「窮光蛋」，自卑感作祟才使他遠赴異域。好勝的他「不懂節制，盡其所能滿足各種慾望」(88)，其作為讓馬羅首次發覺人性深處「無法言傳的恐怖黑暗處」(89)。

庫茲「非常了解尚未開發的區域」(112)，獨自在叢林深處闖蕩成功，打出一片江山。他在公司體制外獨力創建傲人的象牙帝國，經理欲坐享其成，將象牙充公，庫茲認為公司欠他「一個公道」：「這批象牙其實是屬於我的。沒動到公司的錢。是我冒著生命危險自己搜集來的。」(115)庫茲「很了不起」(96)，蒐集象牙的方式頗具爭議性，除涉及「不正當」的屠殺與打劫，還觸及文明禁忌。為深入「尚未開發的區域」以找尋象牙，庫茲跨越文化藩籬徹底「入鄉隨俗」(going native)，融入異族娶妾稱王，「遠超出所能容許的範圍」；「在那些人當中迷失了自己——忘乎所以。」(86)令馬羅尤其無法接受的是庫茲族人的獻祭儀式：「某種夜半的舞蹈典禮，收場儀式令人難以啟齒——如我斷斷續續勉強得知——這些儀式是獻給他的——聽清楚沒？——特地為庫茲先生本人而舉辦。」(74)庫茲的俄國跟班欲告知馬羅詳情，但馬羅礙於禮教拒絕接受：「我不想知道晉見庫茲先生的儀式細節」，因「那些細節會讓人無法消受」(89)。

庫茲本應「屬我族類」(one of us)，服膺文明世界的道德規

範；如今竟入鄉隨俗改做「野人」，背棄文明，有違常理。對
「文明人」而言，庫茲想必是「出毛病」(74)才膽敢享受打破禁
忌的快感。馬羅無法以理性觀點評斷庫茲，只好故弄玄虛，宣稱
庫茲中了「荒野所下的魔咒」：

> 魔咒藉著忘卻的本能、殘暴天性的覺醒，追憶滿足的慾
> 望、醜陋的激情，將他擁入無情的懷抱。我確信只有這
> 個東西能驅使他來到森林邊緣、草叢裡，投向熊熊營
> 火、脈動的鼓聲、巫術咒語的吟詠；這個東西欺騙了他
> 那不正當的靈魂，讓他的抱負遠超出所能容許的範圍。
> (102)

　　從馬羅意有所指的話中可推斷，庫茲享受的夜半儀式應涉及
生人活祭、食人等駭人禁忌[36]。「文明人」有別於「野人」，能
克制野性，壓抑「忘卻的本能」、「醜陋的激情」。庫茲不但沒
將「光明」注入「黑暗」，反而投身黑暗，享受野性的解放；不
隨時代進步，反倒入鄉隨俗，化做「野人」，違反演化原則，儼
然成為退化(degenerated)之人。如馬羅所言，庫茲「已經把自己
從世上的羈絆解脫出來」(102)。
　　馬羅說故事之初以羅馬將士為例點出「野蠻」對人性的威
脅。大英帝國的首善之區「也曾是世上黑暗的地方」(6)、蠻夷
之邦：「沙洲、沼澤、密林、野人——文明人吃的食物少得可

36　關於「可怕儀式」的討論，詳見Firchow, 109-27。

憐。」(8)爲了在「黑暗」的英格蘭生存下去,「文明」的羅馬
人面臨空前挑戰,內心野性隨時可能掙脫道德羈絆,得花一番功
夫才得以自我克制,壓抑本能,不入鄉隨俗(即食人):

> 到內陸基地才發覺野蠻,十足的野蠻,已將他團團圍
> 住——那種在森林、叢林,以及野人心中騷動著的神秘
> 野性。要適應這種野蠻生活是沒有新生訓練的。他必須
> 在深不可測的事物中求生存,而這些東西往往也十分可
> 憎。不過這些影響他的東西也有其魅力。厭惡所致之迷
> 戀——你知道嗎,想想他心中日益增長的悔恨、對逃脫
> 的渴望、於事無補的反感、屈服、恨。(8-9)

對馬羅而言,庫茲的「退化」正是「厭惡所致之迷戀」的最
佳寫照。在「十足的野蠻」環伺下,與其孤軍奮戰,倒不如「跨
越門檻、投身於無形」(111);深陷浩瀚荒原,與其渴望逃脫,
倒不如落地生根,徹底脫胎換骨。庫茲迷戀野性,「迷失到萬劫
不復」(101),觀點異於常人,「犀利到足以透視所有黑暗中跳
動的心」。(110)其遺言——「恐怖!恐怖!」(108)——「隱藏
著驚鴻一瞥的真相之駭人面貌——包含渴望與厭惡的奇異組
合。」(110)

庫茲「最後關頭所爆發的真情告白嘲諷了我們對人類的信
念」(103)。「恐怖」既是率直的自我批判,更是替文明野性所
下的扼要註腳,表露「文明人」對野性的執著與兩者之不可分
割。旅程之初,馬羅面對「野蠻」的文化異己心感震撼,因他發

現自己必須修正「對人類的信念」：

> 沒什麼比這更糟了——懷疑他們並非沒有人性。你會漸
> 漸意識到這點。他們又叫又跳、轉圈打轉、扮可怕的表
> 情；可是一想到他們的人性——跟你一樣——就會心感
> 震撼，想到你與這狂野熱情的騷動有著疏遠的親屬關
> 係。醜陋，沒錯，蠻醜的；不過你如果有種的話，就會
> 承認自己心中有那麼一絲回響，回應那聲響駭人的坦
> 率…我承認，但我心裡也有一種聲音，不管好歹，是不
> 能被消音的話語。(54-5)

馬羅跟庫茲一樣同感內心深處對野性的回響；但他並未「跨
越門檻」，徹底尋求解放。在文明對抗野蠻的喧譁聲中，馬羅選
擇傾聽心底「不能被消音的話語」——道德、禮教的話語。馬羅
感慨地說：庫茲「跨出最後那一步，已超出界線，而我卻得以縮
回猶豫不決的腳步。或許就是這點讓我們兩者截然不同。」
(110-1)馬羅認為庫茲之所以可佩在於他能勇於道出文明與野蠻
「疏遠的親屬關係」，庫茲敢「超出界線」，抗拒「不能被消音
的話語」，臨死前能如此坦然面對文明野性，以「恐怖」論斷自
我功過，對馬羅而言，「那是種斷言，道德的勝利」：「這就是
為什麼我自始至終對庫茲忠心耿耿的緣故。」(111)

六、「一個故事並不具有核心意義」

　　庫茲背棄文明，為滿足私慾打破禁忌，徹底迷失自我，陷入無可挽救的恐怖黑暗處。馬羅雖與庫茲劃清界線，卻暗自佩服他跨越疆界的勇氣，尤其是他竟能於死前摒棄「冠冕堂皇的話語」，以四字箴言總結一切，真情告白闡現回歸真理的意圖。不過對經理而言，庫茲的死輕如鴻毛，為公司內鬥必然的結局。「整個貿易站瀰漫著算計的氣氛」(35)，庫茲入鄉隨俗的方式與暴力搜刮的手段異常成功，經理備感威脅，於是刻意延誤救援行動以除去這個心頭大患。馬羅對汲汲營營的經理感到不齒，「卑鄙無恥的氣氛」(96)激發馬羅捍衛庫茲名譽的決心。面對經理不義的陰謀算計與庫茲的恐怖迷失，馬羅寧願選擇後者：「至少在這堆夢魘中，這種方法讓我還有所選擇。」(96)馬羅誓言返回歐洲後「不會洩露有關庫茲先生名譽的秘密」(97)。故事最後馬羅默默承擔他的抉擇所導致的後果：在庫茲的未婚妻面前，他以謊言掩飾真相，提供一個「(不)是答案」的「答案」，營造「美麗世界」的假象——「無法告訴她實情。那樣做的話，真的會太黑暗——全然黑暗。」(121)

　　馬羅雖然得以窺探「黑暗」，最後並沒有還庫茲「一個公道」，揭發真相；他選擇沉默，以真相修飾謊言，默默回歸現實。黑暗之心的真相將永遠囚禁於奈麗號帆船上。庫茲臨終遺言透露出真相之「恐怖」(unspeakable)；馬羅說完故事的餘音則道出真相之「不可言詮」(un-speakable)。1925年報章書評對康拉

德的評語最能描述馬羅的聽眾(或讀者)的困惑：「他有故事可
說。奇怪的是，他說不出個所以然。」[37]馬羅說故事的動向游離
於「可說」、「不可說」、「說不出」的侷促動線。他坦然指出
庫茲退化的恐怖，卻絕口不提相關細節。他在「荒野」裡找到庫
茲非法作爲的源頭，以「荒野魔咒」解釋庫茲的野性迷戀；可是
馬羅卻說不出「荒野」的本質爲何：「這種萬物俱靜的樣子一點
也不像是平靜，而是如無情的力量暗自思忖著深不可測的意圖時
所顯露的寂靜。這種寧靜看起來是要報復你的樣子。」(51)身陷
叢林原野的馬羅只聽到寂靜，看到迷失，無法定義「令人應接不
暇、充滿植物、水流、寂靜的奇異世界。」(51)馬羅只能以一連
串具否定意味的形容詞說出荒野之不可言詮：「無情的
(implacable)力量暗自思忖著(brooding over)深不可測
(inscrutable)的意圖」。李維斯認爲〈黑暗之心〉裡此類形容詞
過於氾濫，愈講愈迷糊，儼然形成一種執著(adjectival
insistence)，有損文學價值[38]。薩依德則認爲馬羅「說不出」的
困境反映了康拉德「悲劇性的視野侷限」：他無法看出「黑暗」
裡其實潛藏著抗拒帝國視野的反動勢力，也不知看似無形的「黑
暗」日後將凝聚成形，成爲反撲的大地[39]。
　　可是不論以英語的角度或是以後殖民觀點對〈黑暗之心〉從
事追溯性批判，將忽略康拉德獨特的身分與其寫作背景，對他極

37　Cedric Watts, *A Preface to Conrad* (London: Longman, 1993), 40。
38　見F. R. Leavis, *The Great Tradition* (1948; London: Chatto and Windus, 1972), 200-10。
39　見Said, *Culture and Imperialism*, 33-4。

為不公。他後天習得的英文慣用抽象形容詞與冗長句構，這是融合波蘭語及法語的獨特文體，乃康氏世界性(cosmopolitan)文風的特質，絕非語言上「說不出」的困窘[40]。至於薩依德所提問題則完全忽視〈黑暗之心〉的出版背景：這篇連載三期的中篇小說首刊於《布萊克伍德雜誌》第一千期紀念號。該雜誌創刊於1817年，歷史悠久，向來以提攜文壇新秀見稱，提供默默無名的康拉德急需的發表機會[41]。但19世紀中葉後該刊政治立場漸趨保守，與英國政壇發展出穩固良好的關係，〈黑暗之心〉連載時已成為中堅分子的代言刊物，讀者群皆為滿懷帝國主義情操的保守派人士[42]。如康拉德指出，〈黑暗之心〉旨在處理「當代」議題，有關「在非洲無能、自私的教化工作之禍害」。《布萊克伍德雜誌》第一千期的讀者處於「瓜分非洲」的大時代，必能領會馬羅故事的寓意：庫茲與其公司象徵歐陸帝國主義，非法正義的征服手段為非洲帶來無限災禍，唯有「英式」帝國主義才是正途。馬羅顯然以身為英國人而自豪，如他對友人說：「我們不會這個樣子。保住我們的是效率——為效率所做的奉獻。」(9)對馬羅的聽眾和《布萊克伍德雜誌》的讀者而言，「征服世

40　Meyers, 171-2.

41　1897至1902年可謂康拉德的「布萊克伍德時期」，除〈黑暗之心〉，許多重要作品皆發表於此：像〈卡瑞〉("Karain")、〈青春〉("Youth")、〈山窮水盡〉("The End of the Tether")、《吉姆爺》(*Lord Jim*)。

42　William Atkinson, "Bound in *Blackwood's*: The Imperialism of 'The Heart of Darkness' in Its Immediate Context," *Twentieth-Century Literature,* 50.4 (Winter 2004): 372.

界」的重任不容置疑也不可迴避，唯須遵循「正當」法則，以維
公理正義——這正是英國殖民大臣張伯倫(Joseph Chamberlain)
於1897年所倡導的新帝國主義情操[43]。從〈黑暗之心〉的寫作與
出版背景觀之，康拉德爲後殖民批評家所詬病的「悲劇性的視野
侷限」（無法預期後殖民時代的到來）乃整個殖民時代的悲劇遺
產，不應由康拉德一人所承擔。

　　馬羅說了什麼？說不出什麼？要探究這些議題之前要先考量
馬羅獨到的觀點，他認爲「一個故事並不具有核心意義，其涵義
不像堅果的核心，而是如同外殼包覆著整個故事；而故事點出涵
義如同殘光照射出薄霧，又如鬼魅月光勾勒出朦朧的光暈。」
(7)因此，讀者必須摒棄「核心意義」之迷思與「究竟爲何」之
邏輯思考，才不會爲馬羅的模稜兩可所惱。著名小說家福斯特
(E. M. Forster)早於1925年就曾指出：「康拉德的才華密藏著一
團迷霧，而非寶礦。」[44]然而〈黑暗之心〉的「核心意義」之所
以難尋，正因其忠實紀錄「操控答案」的過程，而非「答案」。
面對浩翰的荒野與深不可測的叢林，馬羅並非「視而不見」；他
「說不出」的窘境實肇因於既有的觀念架構無法解釋——與再
現——黑暗深處的文化異己與其主體性。不過，此「悲劇性的視
野侷限」反而突顯出馬羅「反視野侷限」的英雄式告白。身陷既

43　Richard Koebner and Helmut Dan Schmidt, *Imperialism: The Story and Significance of a Political Word 1840-1960* (Cambridge: Cambridge University Press, 1964), 210.

44　"The secret casket of his genius contains a vapour rather than a jewel." Quoted in Watts, *A Preface to Conrad* (London: Longman), 1993, 40.

不解又有所頓悟的困境中，他試圖說出人性黑暗與文明野性的威脅：「不太明朗。可是又讓人有所領悟。」(10)迥異於一般說故事者，他認為口語(oral)溝通無法傳達人生經歷的真義：

> 你們看到他了嗎？你們看清這個故事嗎？看到了什麼？我覺得我在訴說一段夢境——徒勞無功…沒辦法，怎麼可能；怎麼可能傳達人生某階段的生命感——使其為真、賦予其義的感覺——人生微妙、敏銳的精髓。絕不可能。活著，就像作夢一樣——都是孤獨的……(40-1)

馬羅欲擺脫「想說卻說不出」的羈絆，最後可確定的是他說出謊言以驅除庫茲事件所帶給他的夢魘。因此，如著名的康拉德學者厄德納斯(Daphna Erdinast-Vulcan)所言，〈黑暗之心〉實為「一個挫敗的故事，一位見證者為本身見證失敗所擾而做的遲來告白。馬羅的故事導入的真相乃他說謊的真相，以及他本身目睹殘暴的沉默妥協。」[45]馬羅明知他的告白將「徒勞無功」，他仍挑戰言傳極限，在挫敗中「更了解自己」(10)，也讓聽眾更了解所屬文化的黑暗面。馬羅雖無法忠實呈現「黑暗之心」，藉著本身的「挫敗」卻成功扭轉了聽眾的視野，說完故事後泰晤士河已不見帝國的神聖光輝。馬羅雖無法看出黑暗異域所醞釀的反動勢力，他的故事卻讓奈麗號船上後知後覺的家鄉人體認到「說不出」、隱隱作祟的黑暗其實早已儼然成形。故事最後「世上最

45　*Conrad in the Twenty-First Century*, 56.

大、也是最偉大的城市」(3)已變形成不可知的異域邊疆，與庫茲的象牙帝國同樣隱藏著不可言詮的恐怖：「那條通往天涯海角的寂靜大河在陰霾下陰沉地流著──彷彿流向無邊無際的黑暗之心。」(121-2)東流的大江見證英雄的興起，西沉的太陽預言豪傑的沉淪；夜色雖暗，馬羅的故事讓聽眾警覺人性更加黑暗。

　　就文本(textual)層面觀之，〈黑暗之心〉亦顯現此「反視野侷限」的動向。馬羅如悟道般道出的第一句話（「這裡也曾是世上黑暗的地方」）在既有的思想框架上營造出極具複雜的文本互涉(intertextuality)。如史代普(J. H. Stape)指出，對身染基督教文化的英國讀者而言，「黑暗的地方」(dark places of the earth)具有強烈的宗教象徵[46]。這句話出自《聖經·詩篇》第74篇：「求你顧念所立的約。因為地上黑暗之處，都滿了強暴的居所。」[47]與康拉德同期的讀者大都接受基督教文化的洗禮，對非洲的傳教任務並不陌生(如李文斯頓的傳教故事)，必能將「黑暗的地方」與〈詩篇〉所謂「強暴的居所」聯想在一起。對當時的讀者來說，「黑暗的地方」充滿等待救贖的異教徒，有待有志之士投身教化任務以消弭黑暗，注入光明。讀者會以為馬羅所說的故事將有關未受基督教文明洗禮的蠻荒異教之地。《布萊克伍德雜誌》的讀者也會聯想到史坦利的暢銷作品《橫越黑暗大陸》與《最黑暗的非洲深處》，或是救世軍為解決倫敦貧民問題於1890年所出

46　J. H. Stape, " 'The Dark Places of the Earth': Text and Context in 'Heart of Darkness'," *The Conradian* 29.1（Spring 2004）: 144-161.

47　"Have respect unto the convenant: for the dark places of the earth are full of the habitations of cruelty." Psalm 74: 20和合本譯文。

版的《最黑暗的倫敦深處》(*In Darkest England*)[48]。然而,〈黑暗之心〉在此「視野侷限」下徹底顛覆「黑暗的地方」原有的文本互涉。馬羅的故事不僅與基督教的教化任務無關,也與史坦利的通俗冒險大不相同。讀完〈黑暗之心〉後,讀者對「強暴的居所」之預期心態必然受挫[49]。馬羅的故事所揭發的「黑暗」竟是與進步的文明密不可分的隱性野蠻。「強暴的居所」不在遠方異域,而是就近存於「文明人」的內心深處。

　康拉德筆下「黑暗的地方」在文本互涉的基礎上「反文本互涉」,在馬羅的視野侷限下「反視野侷限」,此近乎「後現代」的矛盾(ambivalence)營造了〈黑暗之心〉指涉複雜的多重意義。陪伴庫茲身旁多年的「女皇」沉默無語,與庫茲分離之時如無聲大地飽受摧殘:「她動也不動地站著看我們,就像原野,顯現的氣氛像在思忖著深不可測的意圖。」(94)無名無語的非洲皇后看似消音的魁儡,實為大地之母,其「深不可測」的沉默有如無形的黑暗大地,讓馬羅深深意識到無法言宣、醞釀中的反撲潛能[50]。庫茲的未婚妻身上也可看出同樣的逆轉效果。提及庫茲未婚妻,馬羅吐露「有名」的沙文主義宣言,一廂情願的護花使者

48　見 William Booth, *In Darkest England and the Way Out* (London: International Headquarters of the Salvation Army, 1890)。19世紀末倫敦人口暴漲,貧富不均。布斯認為倫敦的貧民區正如「野蠻」異域,必須徹底「殖民」,加以掌控,才不至影響帝國樞紐的發展。當帝國向外擴張版圖之際,帝國內部都市化的動向亦顯現「種族化」(racialized)的趨勢:貧民就像未開化的「野蠻人」。康拉德1907年的小說《密探》(*The Secret Agent*)以倫敦為背景,將處理此議題。

49　Stape, 147.

50　此為阿奇貝最無法認同之處。

心態飽受近代女性主義學者抨擊[51]：「她蒙在鼓裡——完完全全。他們——我指的是女人——都不知情——應該蒙在鼓裡。我們一定要設法讓她們待在她們自己的美好世界，以免我們的世界變得更糟。」(71)不過，如單就此句即認定馬羅(或康拉德)歧視女性，將無視於〈黑暗之心〉的逆轉。馬羅的確以謊言替庫茲未婚妻編造了「美麗世界」的假象，但他也替家鄉的歐洲人編織出「文明」的假象。馬羅說故事之初即表白對謊言的厭惡：「你們知道我討厭、憎恨謊言，受不了謊話，並非我比較正直，而是謊言讓我膽寒。謊言藏有死亡的跡象，宿命的氣氛——正是我所討厭與憎恨的——是我想忘卻的。」(40)他的故事以謊言結尾，但奈麗號帆船上的乘員必將無法忘卻「黑暗之心」的真相。如故事結尾所示，馬羅一行人身後的倫敦默默投射出「黑暗」光暈，返照每位「文明人」的「黑暗之心」。先前馬羅所謂「女性的美麗世界」已被反轉成「文明人的美麗世界」：蒙在鼓裡的是家鄉的男男女女。靜泊不動的奈麗號帆船籠罩在全然黑暗裡，此刻對讀者而言，「真相」實已呼之欲出，無法視而不見。

51　這方面的代表見Nina Straus, "The Exclusion of the Intended from Secret Sharing in Conrad's *Heart of Darkness*," *Novel* 20.2 (1987): 123-37。

附錄一：〈黑暗之心〉的版本與國內現行中譯本之評介

〈黑暗之心〉的版本

在康拉德提筆寫作〈黑暗之心〉前，寫作事業近半年毫無進展，無法如期完成長篇小說《解救》（*The Rescue*）與《吉姆爺》，陷入事業及家計的雙重危機。爲突破困境，特別是爲解決經濟問題，康拉德於1898年12月15日以〈黑暗的中心〉（"The Heart of Darkness"）爲題開始構思短篇故事，以供《布萊克伍德雜誌》第一千期紀念刊連載用。以康拉德的標準來說，寫作過程可算出奇順利，他於1898年12月23日開始寫作，翌年2月6日便已完成約3萬8千字的手稿[52]。〈黑暗的中心〉從1899年2月至4月分三期連載於《布萊克伍德雜誌》，此爲〈黑暗之心〉「連載版」[53]。

1902年康拉德將此連載版加以潤飾修改，以〈黑暗之心〉（"Heart of Darkness"）的標題與另兩篇短篇故事（〈青春〉與〈山窮水盡〉）共同結集成書，由布萊克伍德出版社出版《青春故事集》（*Youth: A Narrative and Two Other Stories*）。此版本爲〈黑暗之心〉「小說版」，也是日後各家印行之始祖版本。

1917年康拉德爲《青春故事集》加上〈作者按言〉

52　Najder, 249-250.
53　爲符合出版社特有之出版體例（house style），布萊克伍德出版社大幅修改康拉德原稿之標點與斷句，企圖使康拉德獨有之複雜語句讀起來較爲「通順」易懂。見Owen Knowles and J. H. Stape, "The Rationale of Punctuation in Conrad's *Blackwood's* Fiction," *The Conradian* 30.1（Spring 2005）: 1-45。

("Author's Note")，由英國丹特出版社(J. M. Dent and Sons)出版，此爲〈黑暗之心〉「小說版第二版」。

同時期康拉德與美國道布戴爾(Doubleday)與英國海曼(Heinemann)兩家出版社協商出版作品全集。爲提高收藏價值，該版本定位爲豪華限定版，道布戴爾印行735套，海曼印行780套。道布戴爾爲紀念紐約工廠的日晷，特將本限定版命名爲「日晷版」(Sun-Dial Edition)，於1921年出版。此爲〈黑暗之心〉「日晷版」。

依原先計畫，康拉德需將修訂稿交由道布戴爾校訂，再由道布戴爾將校稿轉交海曼排版。此橫跨大西洋的三方文書往來曠日費時，康拉德爲省事將工作交由秘書處理，並沒有親自全數校稿，而海曼出版社則有專人負責修飾康拉德的文稿。結果道布戴爾與海曼最後各採不同的校訂稿，分別出版全集。1921年海曼推出英國限定版，此爲〈黑暗之心〉「海曼版」。

「海曼版」與1902年「小說版」相差無幾，只有時態、標點、斷句等體例有異於其他版本。1960年代有些學者認爲「海曼版」含有康拉德的最後修改，應爲最終權威版本(authoritative text)。不過，並無有力證據顯示「海曼版」的修訂全數出自康拉德之手。近來學者多半傾向認定「海曼版」的差異爲出版社爲符合出版體例(house style)而擅自修飾文句的結果，並不代表作者的意圖[54]。可是，此版本雖不盡「權威」，因印行後並無翻印，

---

54 Owen Knowles and Gene Moore, *Oxford Reader's Companion to Conrad* (Oxford: Oxford University Press, 2000), 66.

算是名副其實的限定版本。

自1920年代以來，康拉德全集翻印不計其數，這些版本皆源自「日晷版」。1922年為拓展讀者市場，丹特出版社租用道布戴爾「日晷版」的刻版，於1923年推出康拉德全集，此為〈黑暗之心〉「丹特版」。丹特出版社共印行兩套《康拉德全集》：1923年的「統一版」（Uniform Edition）與1946年的「全集版」（Collected Edition）。除書本開數不同（統一版較大），這兩套皆為相同的版本。

因丹特出版的《康拉德全集》流傳甚廣，並普遍為研究康拉德學者所採用，為研究康拉德作品公認的標準版本，本譯本特採用1923年的「統一版」為翻譯的原典版本。

〈黑暗之心〉有三種通行的現代版本。1963年金柏（Robert Kimbrough）根據「海曼版」編印「諾頓版」（Norton Critical Edition），歷經三版（1963、1971、1987年），除重新編輯過的正文外，還附有許多豐富史料與文獻。為使第三版更為完美，阿姆斯壯（Paul B. Armstrong）根據康拉德手稿重新修訂「諾頓版」文體，於2006年推出「諾頓版」第四版，試圖呈現康拉德筆下〈黑暗之心〉的原貌。雖然根據手稿與「海曼版」重新編輯有其文本研究的價值；不過，以「作者已死」的詮釋學觀點視之，欲建構一部合乎作者「原始意圖」的文本近乎不可能。況且康拉德在世時，流傳最廣、最為人知的版本為「日晷版」，並非「海曼版」，而幾十年來學者皆以「日晷版」（即「丹特版」）為標準本。因此，「諾頓版」雖有其特色，並有利於課堂講授與討論，譯者建議讀者仍需對照「丹特版」或其他「日晷版」的版本。

　　1990年牛津大學出版社(Oxford University Press)推出康拉德
權威華茲(Cedric Watts)所編輯的《黑暗之心故事集》，除〈黑
暗之心〉外，還收錄有〈文明前哨〉("An Outpost of
Progress")、〈卡瑞〉、〈青春〉等題材相關的同期短篇故事。
華茲採1902年的「小說版」，並對照「連載版」修訂錯字與標
點。2002年更新書目資料後推出第二版。「牛津版」有助於讀者
以康拉德「布萊克伍德時期」的歷史觀點審視〈黑暗之心〉的時
代意義，頗具參考價值。

　　1995年企鵝圖書(Penguin Books)出版由漢普森(Robert
Hampson)編輯的《黑暗之心》。漢普森亦為知名學者，其版本
亦以「小說版」為主。「企鵝版」參照康拉德手稿、打字稿、連載
版等修正若干標點符號與誤植之處。漢普森還參照「海曼版」更
正39處標點與字句。「企鵝版」特別收錄康拉德的《剛果日記》
(*The Congo Diary*)，使讀者更能了解〈黑暗之心〉的創作背景。

　　「牛津版」與「企鵝版」針對〈黑暗之心〉「小說版」的修
訂約四十多處，皆為時態、標點、拼字等文字修訂，不致影響讀
者對原文的判讀，亦不影響中譯文的句義，若干斷句的些微差異
也不影響中譯文的語句節奏。因此，本譯本並未就這些差異修訂
「統一版」。

現行中譯本之評介

　　目前國內共有三種通行的〈黑暗之心〉中譯本：

　　1. 陳蒼多，《黑暗之心》(台北：遠景，1969年)。多家出版
　　　社亦曾陸續印行：仙人掌(1970年)、書華(1986年)、萬象

（1993年）、INK印刻（2003年）。

2. 王潤華，《黑暗的心》（台北：志文，1970年）。陸續印行
至1995年。2004年重新排版印行。

3. 何信勤，《黑心》（台北：聯經，1984年）。偶可購得。

總評

這些譯本的出版反映了國內外文教育的興起，有其時代意
義。其中陳蒼多之譯本歷史最久、流通最廣、影響也最大。畢竟
"heart of darkness"作「黑暗之心」，可謂陳本的功勞。不過，
除何本較新外，各譯本皆出版於1970年代，再版印行皆未重新修
訂；國內隨處可得的最新印行(INK印刻出版的《黑暗之心》)仍
沿用三十多年前、誤譯待修的陳本。

僅就譯文的精確度及流暢性來看，只有王本與何本可讀。不
過(如下文說明)，這兩種版本又有些關鍵缺失嚴重影響讀者的閱
讀判斷。因此，現行譯本最令人詬病之處在於：每次印行延續了
先前譯文的錯誤，不僅譯本價值大打折扣，更無法滿足現代社會
及學校教育之需。

誠如思果所言，「找錯容易，自己動手翻譯難。」[55]以下針
對現行譯本之評改絕非「挑錯」，而是欲客觀指出問題所在：譯
文的謬誤往往造成讀者無法「讀懂」的憾事。現行譯本皆無法掌
握康拉德獨特的世界性文體，更無法精確轉換其「法式波蘭英
文」。譯文常過於冗長，語法節奏亦趨混亂。尤其在缺乏詳盡推

---

55 思果，《翻譯研究》(初版1972年；台北：大地，11版，1990年)，頁
223。

敲之下，誤譯隨處可見，讀者愈讀愈迷糊，遑論了解內涵深意。
因篇幅有限，僅擇代表例子列舉如下，以突顯重譯的必要。原文
採本譯本所用之「統一版」。

現行譯本之評改

1. 陳蒼多，《黑暗之心》（台北：INK印刻，2003年）。

陳本最大缺點是其譯文拘泥於直譯，把〈黑暗之心〉複雜之
文學語言化約成簡單之中英互換。現行譯本裡誤譯最多、文句最
不通順者，當屬陳本。

1-1　誤譯例句

譯　　文	原　　文	短　　評
①巡邏小帆船「內歷」號(38)	the Nellie, a cruising yawl (45)	cruise在此為「徐行」，並非「巡邏」。
②他做了(43)	he did it(49)	did it應為「成功」。
③紅樹似乎在一種無能失望的極端狀態中朝我們枯萎凋零(56)	[mangroves] seemed to writhe at us in the extremity of an impotent despair(62)	writhe為「扭曲、纏繞」。writhe at us並非「朝我們枯萎凋零」，應有「迎面撲來，纏繞上身」之意。試譯：「扭曲的紅樹林，似乎因我們而苦，處於極端無助絕望的困境。」
④把這個可憐的魔鬼（指助手——譯注）趕出國土(84)	clear his poor devil out of the country(89)	poor devil應作「可憐蟲」。譯注多餘。
⑤我最後以一個謊言鎮壓了他天賦的幻影(111)	I laid the ghost of his gifts at last with a lie(115)	laid the ghost為「驅魔」，非「鎮壓」。
⑥他們不可避免地一起來了，像兩艘船彼此	they had come together unavoidably, like two ships	rubbing sides為船隻靠攏用之「防撞側板」，

譯文	原文	短評
安靜地靠在一起，最後摩擦著身體兩脅躺了下來。(124)	becalmed near each other, and lay rubbing sides at last (127)	非「摩擦著身體」。
⑦他已把自己踢離了地球(142)	he had kicked himself loose of the earth(144)	直譯，不通。kicked himself loose of the earth 非「踢離地球」，應爲「從世上的羈絆解脫出來」。

1-2　關鍵語句誤譯例句

譯　文	原　文	短　評
①這個紙做的殘缺魔鬼(76)	this papier-mâché Mephistopheles(81)	papier-mâché Mephistopheles應作「紙老虎」。
②不可能傳達一個人生存的任何時代的生活感覺(78)	it is impossible to convey the life-sensation of any given epoch of one's existence (82)	epoch of one's existence 意指「人生之一章」，非「時代」。
③地球似乎很可怕(91)	the earth seemed unearthly (96)	unearthly爲「神秘」，非「可怕」。
④整個的歐洲有助於庫茲本人的形成(114)	all Europe contributed to the making of Kurtz(117)	應作「整個歐洲造就了庫茲的誕生」較佳。
⑤國際蠻人關稅抑制協會(114)	the International Society for the Suppression of Savage Customs(117)	savage customs 應爲「野蠻風俗」，非「蠻人關稅」。
⑥我已爲他的記憶做了足夠的事，爲的是要得到確切明白的權力，以便在文明的一切廢物和死貓(這是比喻的說法)中，把有關他的記憶放置(假如我要這樣的話)在進步的垃圾箱裡，得到一種永恆的休憩。(115)	I've done enough for it to give me the indisputable right to lay it, if I choose, for an everlasting rest in the dustbin of progress, amongst all the sweepings and, figuratively speaking, all the dead cats of civilization (119)	譯文可謂分崩離析，若無原文對照，很難讀懂。dead cats指「無用之人」，非「死貓」。
⑦他的智力是完全地清	his intelligence was perfectly	直譯，不通。試譯：

譯　文	原　文	短　評
晰——真的顯示可怕的強度集中在自己身上，然而還顯得清晰。(142)	clear–concentrated, it is true, upon himself with horrible intensity, yet clear(144)	「他頭腦清楚得很——雖然他的思緒異常集中，全神貫注得嚇人，他的頭腦還很清楚。」
⑧把他心的荒涼黑暗隱藏在口才的堂皇褶襞裡(146)	it survived his strength to hide in the magnificent folds of eloquence the barren darkness of his heart(147)	「口才的堂皇褶襞」不通。應作「層層雄辯」。
⑨可怕的東西！可怕的東西！(148)	the horror! the horror!(149)	「東西」為贅詞，破壞整句之象徵。
⑩我處於最後發言機會的千鈞一髮中(149)	I was within a hair's- breadth of the last opportunity for pronouncement (151)	直譯，不通。within a hair's-breadth 非「千鈞一髮」，應有「差點、幾乎」之意。
⑪我要的只是正義(155)	I want no more than justice (156)	justice雖為「正義」，此處應作「公道」。

1-3　譯文不流暢例句

譯　文	原　文	短　評
①我們不是在逝者如斯的短暫白日的生動輝耀中，而是在永久記憶的莊嚴光亮中，看著可敬的河流。(40)	we looked at the venerable stream not in the vivid flush of a short day that comes and departs for ever, but in the august light of abiding memories(47)	「……中，……中」文句彆扭。試譯：「望著可敬的滾滾大江，我們不以浮光掠影視之，而是內心肅然，懷抱恆久的回憶。」
②潮水來回流動，不停地為人們服務著，塞滿了關於人和船的記憶，它把這些人和船帶到根據地的其餘地方或帶到海的戰鬥中。(40)	the tidal current runs to and fro in its unceasing service, crowded with memories of men and ships it had borne to the rest of home or to the battles of the sea(47)	譯文喪失原文的鏗鏘語氣。試譯如下：「潮起潮落，鞠躬盡瘁的河浪湧現回憶，充滿賦歸或出征的人物與船艦。」
③殖民地已有好幾世紀了，仍不比針頭——位於其不曾被人接觸	settlements some centuries old, and still no bigger than pinheads on the untouched	「針頭……來得大」斷句不當。

譯文	原文	短評
過的廣大背景上——來得大。（54）	expanse of their background（60）	
④永遠與你一度知曉——在某些地方——在遠處——可能在另一種生存裡——的一切事物隔絕（88）	till you thought yourself bewitched and cut off for ever from everything you had known once–somewhere–far away–in another existence perhaps（93）	「知曉……的」斷句不當。
⑤時而聽到的海浪聲音是一種肯定的愉悅，像是一位兄弟的談話。那是一種自然的事物，有其理由。有一種意義。時而海岸的一艘小船使人與真實有一刻的接觸。（55）	the voice of the surf heard now and then was a positive pleasure, like the speech of a brother. It was something natural, that had its reason, that had a meaning. Now and then a boat from the shore gave one a momentary contact with reality…（61）	「一種」、「一位」等量詞氾濫。譯本「我乘一隻法國輪船離開」一段，竟有多達三十餘個「一」。

2. 王潤華，《黑暗的心》（台北：志文，1995年）。

王本譯句普遍過於冗長，堆砌語句比比皆是。譯文裡「的」字氾濫，破壞文句節奏，讀起來頗像未成熟的白話文作品。譯文雖較陳本精確，但誤譯兩處最關鍵之處，大損其價值。

2-1　關鍵語句誤譯例句

譯文	原文	短評
①征服世界——主要是說把它從臉色不同或比我們容易受奉承的人的手中搶奪過來——這是一件很美妙的事，如果你用心去研究一下。（59）	the conquest of the earth, which mostly means the taking it away from those who have a different complexion or slightly flatter noses than ourselves, is not a pretty thing when you look into it too much（50-1）	「征服世界……是一件很美妙的事」為嚴重誤譯，恰與原義相反。另外，譯文將「鼻子稍扁」（slightly flatter noses）錯當成「容易受奉承」。
②消滅所有殘忍的人	exterminate all the brutes	誤譯最關鍵語句。

(128)　　　　　　　(118)　　　　　　　brutes應爲「野蠻人」，
　　　　　　　　　　　　　　　　　　並非「殘忍的人」。

2-2　譯文不流暢例句

譯　　文	原　　文	短　　評
①海洋外，水連天天連水。在光輝的天際，大平底船隨波逐流地往上飄航，它們黃褐色的帆好像在一堆紅色的高高揚起的帆布間不動，油漆的船桅閃爍其中。(54)	in the offing the sea and the sky were welded together without a joint, and in the luminous space the tanned sails of the barges drifting up with the tide seemed to stand still in red clusters of canvas sharply peaked, with gleams of varnished spirits (45)	譯文拖泥帶水。試譯：「放眼望去，海天一線，波光粼粼，舢板隨波逐流，高聳的紅色帆布群裡，斑駁的船帆似乎靜止不動，乍現青光。」
②對於一個正如俗語所說的懷著敬意和熱情去「當海員」，是最容易感到泰晤士河下游過去的偉大精神的。它的潮汐在它永無止息的服務中去了又回來，充滿了它已送回家休息或海上的戰場上的船隻和水手的回憶。它認識而且給國家引以爲傲的人提供了很大的幫助。從芳濟‧得拉克爵士到約翰‧佛蘭克林爵士，都是爵士，有爵位或沒有爵位——都是海上偉大的英豪。(56)	and indeed nothing is easier for a man who has, as the phrase goes, "followed the sea" with reverence and affection, than to evoke the great spirit of the past upon the lower reaches of the Thames. The tidal current runs to and fro in its unceasing service, crowded with memories of men and ships it had borne to the rest of home or to the battles of the sea. It had known and served all the men of whom the nation is proud, from Sir Francis Drake to Sir John Franklin, knights all, titled and untitled–the great knights-errant of the sea(47)	王本典型的早期白話文式的譯文。雖非誤譯，仍脫離中文語法，摧殘原文的鏗鏘語氣。試譯如下：「只有崇拜海的『討海人』才能於泰晤士河下游喚起思古懷舊之情。潮起潮落，鞠躬盡瘁的河浪湧現回憶，充滿賦歸或出征的人物與船艦。它曾效命於許多民族英雄麾下，從德雷克爵士至富蘭克林爵士，各路英雄騎士——有名無名的海上遊俠。」
③「而這也是，」馬羅突然說，「曾經成爲	"And this also," said Marlow suddenly, "has been one of	「曾經成爲」、「其中一個」過於直譯。

地球上其中一個黑暗的地方」(57)	the dark places of the earth" (48)	
④在你心中，正有著最微弱的對那種聲音可怕的坦白的共鳴的痕跡。(106)	there was in you just the faintest trace of a response to the terrible frankness of that noise(96)	「的」字氾濫。若無原文，讀者將誤以為「可怕的」、「坦白的」、「共鳴的」皆是形容「痕跡」。
⑤彷彿這是一幅活靈活現的，用古象牙雕刻成的死亡之像，正在帶有危險性的向一群用黑色和閃閃發光的古銅做成的沒有感情的人揮動著它的手。(143)	it was as though an animated image of death carved out of old ivory had been shaking its hand with menaces at a motionless crowd of men made of dark and glittering bronze(134)	「一群用黑色和閃閃發光的古銅做成的沒有感情的」過於冗長。 motionless crowd 應有「群眾一動也不動」之意，非「沒有感情的人」。試譯如下：「這幅畫面猶如用老舊象牙精雕的死神像，栩栩如生，面對一群無聲無息、暗色晶瑩的青銅群眾，在那怒氣沖沖地揮手威嚇。」

3. 何信勤，《黑心》，(台北：聯經，1984年)。

何本是各譯本中最可讀者。譯注雖僅有九個，但居各版本之冠。書中並收錄孫述宇撰之〈康拉德的生平與小說〉一文，有別於節錄他書簡介之陳本與王本。何本之用心，可見一斑。

不過，何本與其他譯本一樣皆以通俗為導向。九個譯注中，僅有兩個譯注(第五、六頁)釐清句義(nutshell、night/knight等)，其餘皆為單純的文字注釋。而其導文也僅就浪漫的英雄冒險觀概略簡介康拉德生平及其作品，並無專文深入剖析〈黑暗之心〉。

在譯文精確度方面，何本雖誤譯較少，但其譯文太過於文言；有些片段甚至執著於文言而流於「過譯」（over-translation）。雖然康拉德文體獨特，後天養成之英文極其拗口，馬羅的語氣頗為文言，並非以道地的口語說故事；但何本自始至終皆以過於典雅、文謅謅的語氣翻譯，過於文言的轉換不僅抹煞了〈黑暗之心〉獨到的雙重敘事架構，更與馬羅的船員身分格格不入。康拉德特有之「外國英文」雖有別於同期英國作家，何本過譯之結果，使〈黑暗之心〉好似舊小說，以文學史的角度來看，極為不妥。

3-1　關鍵語句「過譯」例句

譯　文	原　文	短　評
①這個說起話來轉彎抹角的魔鬼（36）	this papier-mâché Mephistopheles（81）	papier-mâché有「虛有其表」、「唬人」之意思，有別於「說起話來轉彎抹角」。
②向黑暗的心坎愈進愈深（50）	we penetrated deeper and deeper into the heart of darkness（95）	into the heart of darkness為雙關語：指進入黑暗的原始森林，或逼近異域的黑暗之心。「心坎」破壞原文想像空間。
③讀書箚記（54）	making notes（99）	notes作「筆記」即可。「箚記」過於正式。
④我進一步說，若要說有任何危險，那便是由於我們太接近一群極度激動毫不自制的人。（61）	the danger, if any, I expounded, was from our proximity to a great human passion let loose（107）	原文並未點出「人」。譯文精確得有些拖泥帶水。
⑤我一直都想像他在講道理（67）	I had never imagined him as doing, you know, but as	discourse固然可作「說教」、「講道理」；不過，

	discoursing(113)	馬羅在此僅指庫茲滔滔不絕的「口才」勝過其「作為」(doing)。故 discourse 應作「說話」或「講話」僅可。
⑥他的話……照射出振聲啓瞶的光輝，又或是發啓蔽人心智的謬論。(113)	his words–the gift of expression, the bewildering, the illuminating, the most exalted and the most contemptible, the pulsating stream of light, or the deceitful flow from the heart of an impenetrable darkness(113-4)	譯文雖簡潔有力，但「振聲啓瞶」有違馬羅口述語氣。此處並未譯出from the heart of an impenetrable darkness 之關鍵語句。
⑦鳩衣青年(79)	be-patched youth	be-patched指「衣衫破爛」。「鳩衣」太過文言。
⑧又可能你超凡入聖，眼中但睹玉殿金闕，耳裡只聆仙樂飄飄，捨此以外不見不聞。(70)	or you may be such a thunderingly exalted creature as to be altogether deaf and blind to anything but heavenly sights and sounds	譯文好似《鏡花緣》一段，極不搭調。

結語

　　以上對各通行譯本之分析及評改顯示，國內現有譯本普遍缺乏學術審訂，不夠精確。誤譯、過譯的結果往往使譯文語句糾纏不清，有礙讀者理解。現行譯本不僅無法成功引領讀者窺探西方文學殿堂，更無法滿足基本的閱讀需求，不符現代社會及學校教學所需。譯本需修改處為數之多，已非單純的字句訂正可改善。

　　因此，鑒於〈黑暗之心〉之經典地位，重譯增注一部精確、學術性的批評譯本(critical translation)將有助於國人對西方文學典籍的認知，既可拓展閱讀人口，亦可作為外文教學的參考書。在急需提昇外文教育及人文素養的今天，重譯〈黑暗之心〉有其

必要。

　　譯者致力研究康拉德多年，當盡最大努力使新譯本能有忠實的譯文、詳盡的譯注、深入淺出的導讀、與最新的參考書目。盼本譯注成果能帶領讀者享受閱讀，將英國現代文學的瑰寶忠實呈現在讀者面前。

附錄二：關鍵用語的翻譯説明

「黑鬼」、「黑人」、「土人」、「野人」

　　阿奇貝認爲〈黑暗之心〉雖然批判了歐洲人貪婪的「黑暗之心」，卻仍以種族刻板印象（racial stereotype）視物，犧牲原住民人性以突顯西方人性的曖昧，康拉德應爲「不折不扣的種族主義者」[56]。阿奇貝頗具爭議性的宣言雖不盡正確，除忽略馬羅「反視野侷限」的敘事動向，還忽視〈黑暗之心〉的出版背景；但其指控觸及西方社會敏感的種族議題，促使當代讀者重新檢視〈黑暗之心〉的種族偏見。

　　不可諱言，對當代讀者來說，〈黑暗之心〉充斥著許多種族歧視的字眼，如「黑鬼」（nigger）、「黑人」（black）、「土人」（native）、「野人」（savage）等。可是，康拉德採用這些字眼並非因爲他是「該死的種族主義者」，蔑視非洲原住民；而是因爲這些字眼乃當時「標準詞彙」。諷刺的是，傳教士李文斯頓的著

---

[56] 2003年阿奇貝接受英國《衛報》（*The Guardian*）訪談時仍重申其1970年代的立場。見Chinua Achebe, "Interview with Caryl Phillips," *The Guardian,* February 22, 2003。

作亦使用這些詞彙以描述非洲原住民，但鮮有人冠以「種族主義者」的罪名[57]。

當代讀者歷經熱血澎湃的民族運動，對這些字眼想必別有一番體認。不過，單以遣詞用字的層面就認定康拉德是種族主義者，將造成歷史謬誤。畢竟，康拉德生於瓜分非洲的年代，「種族主義」(racism)是不存在的。一直要到1936年——康拉德死後12年——英語才出現這個字眼，才有此觀念[58]。

馬羅面對原住民顯示無法言詮的困境，但這並不代表「去人性化」(dehumanized)的種族偏見。如〈緒論〉所言，馬羅的故事乃「挫敗」的故事，表露「說不出」的窘境。馬羅雖以刻板印象看待原住民，故事中「死亡之林」(24-5)一節卻浮現但丁(Dante)式的警寓，表露人道關懷，展現反刻板印象的意圖。

對貿易站的白人來說，樹叢裡的原住民實與野獸無異。馬羅屬於「白人」一員，不得不運用相同詞彙。但「食人族」與「土人」卻促使馬羅檢視自我，發覺「文明」與「野蠻」的親屬關係，進而思考入鄉隨俗的議題。換句話說，〈黑暗之心〉裡種族歧視的字眼建構了自省的空間，將馬羅與同行的白人區分開來。因此，本譯本刻意保留「黑鬼」等用詞，以彰顯馬羅反視野侷限的敘事動向，盼讀者能更加體認〈黑暗之心〉的時代意義。

57　見李文斯頓的日記：David Livingstone, *The Life and African Explorations of Dr. David Livingstone*（1874; New York: Cooper Press, 2002）。

58　Firchow, 4.

附錄三：關鍵情節頁碼對照

　　為方便讀者查閱原著，特列舉關鍵情節之頁碼對照。原文為本譯本所用的「統一版」，頁數同「全集版」；此兩種版本為目前康拉德研究通行之標準版本。唯「諾頓版」普遍為國內外各大學所採用，特附上「諾頓版」最新版（第四版）之對照頁碼，以「N」區別之。

①「這裡，」馬羅突然說，「也曾是世上黑暗的地方。」（6）
"And this also," said Marlow suddenly, "has been one of the dark places of the earth."(48; N 5)

②黑色身影蜷伏著、躺著、坐臥在樹叢中⋯（23）
Black shapes crouched, lay, sat between the trees...(66; N 17)

③我當初沒能馬上看出沉船真正的意義。（30）
I did not see the real significance of that wreck at once(72; N 21)

④我讓他繼續講下去，這個紙魔鬼。（39）
I let him run on, this papier-mâché Mephistopheles(81; N 26)

⑤⋯⋯沒辦法，怎麼可能；怎麼可能傳達人生某階段的生命感⋯（41）
. . . No, it is impossible; it is impossible to convey the life-sensation of any given epoch of one's existence...(82; N 27)

⑥似乎首次看到庫茲先生(48)
I seemed to see Kurtz for the first time (90; N 32)

⑦在那條河溯游而上好
Going up that river was like traveling

像時光倒流，來到盤古開天之時(50)

back to the earliest beginnings of the world…(92; N 33)

⑧「馬羅，別無禮」(52)

"Try to be civil, Marlow…"(94; N 34)

⑨自然萬物看似不自然(54)

The earth seemed unearthly(96; N 36)

⑩最後我只好用謊言驅除他那擺脫不掉的天賦(71)

I laid the ghost of his gifts at last with a lie(115; N 48)

⑪整個歐洲造就了庫茲的誕生(73)

All Europe contributed to the making of Kurtz(117; N 49)

⑫「把野蠻人通通幹掉」(75)

"Exterminate all the brutes"(118; N 50)

⑬青春的魅力籠罩著他的雜色破衣(83)

The glamour of youth enveloped his particoloured rags(126; N 54)

⑭她從容不迫地走著(93)

She walked with measured steps(135; N 60)

⑮至少在這堆夢魘中，這種方法讓我還有所選擇(96)

it was something to have at least a choice of nightmares(138; N 62)

⑯「我有遠大的計畫」(101)

"I had immense plans"(143; N 65)

⑰「恐怖！恐怖！」(108)

"The horror! The horror!"(149; N 69)

⑱「庫茲ㄙ一ㄢ生——他死」(109)

"Mistah Kurtz–he dead"(150; N 69)

⑲這就是我為何能如此肯定庫茲很了不起的原因(110)

This is the reason why I affirm that Kurtz was a remarkable man(151; N 70)

⑳「他最後所說的是——你的名字」(121)

"The last word he pronounced was–your name"(161; N 77)

附錄四：康拉德年表

紀　　事	文化歷史背景
❖ 1857-73波蘭時期	
1857　約瑟夫・康拉德・科忍尼奧斯基（Józef Teodor Konrad Korzeniowsky)出生於烏克蘭(波蘭屬)	印度抗英暴動 福樓拜，《包法利夫人》。 達爾文，《物種起源》(1859)。
1862　雙親受政治迫害，流放莫斯科東北 Volodga。	美國內戰(1861-5) 雨果，《悲慘世界》。
1865　母歿	卡洛爾，《愛麗絲夢遊仙境》。 杜思妥也夫斯基，《罪與罰》。 馬克思，《資本論》(1867)。
1869　與父親遷至波蘭南部 Cracow；五月父歿。	蘇伊士運河開通 阿諾德，《文化與無政府狀態》。
1870　外祖母監護	洛克菲勒石油公司 史坦利找到李文斯頓(1871)
1872　申請奧國籍失敗；吐露跑船的心願。	喬治・愛略特，《米德爾馬契》。
❖ 1874-93年水手時期	
1874　前往馬賽	史坦利剛果探險

		（1874-7） 巴黎印象派畫展
1875	成爲見習船員	比才，《卡門》。
1876	Sanit-Antoine 號服務生，南美航線。	華格納，《尼布龍根指環》。
1877	Tremolino 號至西班牙，涉及當地內戰之軍火走私。	柴可夫斯基，《天鵝湖》。
1878	返回馬賽；企圖自殺；英籍 Mavis 號見習，首次抵英。	史坦利，《橫越黑暗大陸》。
1879	Duke of Sutherland 號船員，澳洲航線。	史坦利二度剛果探險(1879-82) 易卜生，《玩偶之家》。
1880	暫居倫敦；獲二副資格；Loch Etive 號三副，至澳洲。	波爾戰爭
1881	Palestine 號二副，曼谷航線。	史坦利三度剛果探險(1882-4) 英國占領埃及(1882) 詹姆士，《一位女士的畫像》。
1883	Riversdale 號二副，前往南非及印度。	史帝文森，《金銀島》。
1884	獲大副資格；孟買航線。	史坦利完成剛果探險 柏林會議(1884-5)
1886	獲船長資格	哈代，《嘉德橋市長》。
1887	Vidar 號大副，新加坡—爪哇間航線。	柯南道爾，《血字的研究》。

1888	*Otago*號船長，曼谷—澳洲航線。	史特林堡，《茱莉小姐》。
1889	辭職返回英國；開始寫作小說；至布魯塞爾與比屬剛果公司董事帝斯面談，應徵剛果職務。	史坦利抵英 葉慈，《烏辛之流浪》。 梵谷，《星夜》。
1890	至烏克蘭返鄉探親；前往剛果，任職於 *Roi de Belges* 號；辭職返回歐洲。	史坦利，《最黑暗的非洲深處》。
1891	前往日內瓦療養；任 *Torrens* 號大副，前往澳洲。	哈代，《黛絲姑娘》。 德弗札克，《新世界交響曲》。
1893	法籍 *Adowa* 號二副，加拿大航線。	孟克，《吶喊》。

❖ 1894-1924年作家時期

1894	辭職結束船員生涯；完成第一本小說《奧邁揶的愚舍》（*Almayer's Folly*）。	甲午戰爭 吉卜林，《叢林奇談》。
1895	《奧邁揶的愚舍》；至瑞士療養；完成《島嶼逐客》（*An Outcast of the Islands*）。	馬關條約 X光發明 威爾斯，《時光機器》。 王爾德，《不可兒戲》。
1896	《島嶼逐客》出版；與 Jessie George 結婚；暫居 Essex。	電報發明 哈代，《微賤的裘德》。
1897	《納西斯號的黑鬼》（*The Nigger of the 'Narcissus'*）	威爾斯，《隱形人》
1898	長子 Borys 出生；《不安故事集》	美西戰爭

	（*Tales of Unrest*）；遷至肯特郡；完成〈青春〉；放棄《吉姆爺》的寫作，試圖完成《解救》；年底轉而寫作〈黑暗之心〉	詹姆士，《碧廬冤孽》。 威爾斯，《世界大戰》。
1899	〈黑暗之心〉連載；繼續《吉姆爺》的寫作；與福特合著科幻小說《繼承者》（*The Inheritors*）。	庚子拳亂 莫內，《睡蓮》。
1900	《吉姆爺》	八國聯軍 佛洛伊德，《夢的解析》。 普契尼，《托斯卡》。
1901	《繼承者》	美國總統羅斯福就職 澳洲聯邦
1902	《青春故事集》	波爾戰爭結束
1903	《颱風故事集》；與福特合著之《浪漫》（*Romance*）出版。	萊特兄弟飛行成功 巴特勒，《肉身之道》。
1904	長篇鉅作《諾斯楚摩》	美國興建巴拿馬運河 日俄戰爭 愛因斯坦狹義相對論（1905） 詹姆士，《金碗》。
1906	次子 John 出生；《海之鏡》回憶錄。	舊金山大地震
1907	《密探》（*The Secret Agent*）	紐西蘭獨立 吉卜林獲頒諾貝爾文學獎

1908	《六個故事》（*A Set of Six*）；寫作《西方眼界下》（*Under Western Eyes*）。	佛斯特，《窗外有藍天》。馬勒，《大地之歌》。
1909	與福特決裂	馬諦斯，《舞蹈》。
1910	與出版商 Pinker 失和；精神崩潰，差點焚毀《西方眼界下》手稿。	佛斯特，《豪華園》。
1911	《西方眼界下》出版	辛亥革命
1912	自傳《私人紀錄》（*A Personal Record*）；《海陸之間》（*’Twixt Land and Sea*）故事集	鐵達尼號沉沒　勞倫斯，《兒子與情人》（1913）。史特拉文斯基，《春之祭》。
1914	最暢銷的小說《機會》（*Chance*）出版	第一次世界大戰　巴拿馬運河開通　喬艾斯，《都柏林人》。
1915	《潮汐間》（*Within the Tides*）故事集；晚期小說代表作《勝利》。	愛因斯坦廣義相對論　喬艾斯《青年藝術家的畫像》
1917	自傳小說《暗影邊界》（*The Shadow-Line*）；六十大壽。	俄國革命　艾略特，《普魯弗洛克》詩集。卡夫卡，《變形記》。
1919	《金箭》（*The Arrow of Gold*）；《勝利》舞台劇演出；《密探》改編劇本。	凡爾賽和約
1920	《解救》	勞倫斯，《戀愛中的女人》。

1921	散文集《人生按言與書信》(*Notes on Life and Letters*)	愛爾蘭自由邦
1922	《密探》舞台劇演出	艾略特,《荒原》。喬艾斯,《尤里西斯》。
1923	婉謝劍橋大學榮譽學位;以暢銷作家身分訪問美國;最後一部小說《流浪者》。	葉慈獲頒諾貝爾文學獎
1924	婉拒政府頒予爵士頭銜;8月3日心臟病發辭世;與福特合著之《罪行的本質》(*The Nature of a Crime*)出版。	列寧歿 佛斯特,《印度之旅》。
1925	《道聽塗說集》(*Tales of Hearsay*);未完成小說《懸疑》(*Suspense*)	吳爾芙,《戴洛維夫人》。費滋傑羅,《大亨小傳》。
1926	《最終文集》(*Last Essays*)	英國大罷工 日本昭和天皇就位 吳爾芙,《燈塔行》(1927)。

附錄五:重要研究書目提要

〈黑暗之心〉是20世紀討論最廣的作品。自從文學研究漸趨理論化,〈黑暗之心〉複雜的文本便成為絕佳的辨證素材,其批評史可謂新興的文學批評史。

1940、50年代的研究以文本詮釋為主,「去政治化」

(depoliticized)的思維模式全然無視〈黑暗之心〉的歷史脈絡與意識形態。1960年代心理分析當道,「黑暗之心」的「恐怖」提供佛洛伊德學派完美的例證,庫茲被視爲標準「病例」。1970年代種族議題浮上檯面,1977年阿奇貝以驚人之語開啓嶄新的詮釋空間,樹立〈黑暗之心〉批評史重要的分水嶺。「後阿奇貝時代」成爲〈黑暗之心〉「政治化」(politicized)的年代。

1980年代染受解構主義的學者開始注意〈黑暗之心〉文本與言說(discursive)的矛盾,以更多元的角度檢視政治與種族等議題。1990年代學者承襲先前的爭議,就後殖民的角度綜觀性別、種族、歷史等議題,強化〈黑暗之心〉與當代現世的親性(immediacy)。同時期,以薩依德爲首的文化研究蔚爲風潮,〈黑暗之心〉成爲文化研究的核心文本,闡現文化與帝國主義的糾葛。

「後阿奇貝時代」裡,各家面對「康拉德是否爲種族主義者?」、「康拉德到底是贊同還是反對帝國主義?」等敏感議題,往往預設立場,爲爭論而爭論。1990年代末,學者逐漸不滿於二元化的辯論。2000年起陸續有新興學者跳脫「撻伐」與「辯護」的窠臼,以大歷史的角度另闢蹊徑,重讀〈黑暗之心〉的現代性(modernity)並審視其與全球化之關聯,開創〈黑暗之心〉批評史的「後」後阿奇貝年代。

在知識暴漲的年代,每年有關〈黑暗之心〉的論文與專書以等比級數成長。在此如僅條列數以百計的論文與專書,實無助於讀者所需。如欲了解各時期詳細書目,除參閱下列參考書籍外,有興趣的讀者還可查詢美國現代語言協會書目(MLA

Bibliography）。如透過線上版查詢關鍵詞，可檢索當月最新的研
究書目。

　　爲方便讀者入門，以下特列舉各時期重要研究著作以供參
考。必讀書目以星號標示。

英文版

Armstrong, Paul（ed.）. *Heart of Darkness: A Norton Critical Edition*
　　（4th Ed.）. New York: Norton, 2006.
　　根據康拉德手稿與「海曼版」企圖重塑康拉德筆下的〈黑
　　暗之心〉。本書收錄了許多有關種族與剛果議題的歷史文
　　獻與圖片，參考價值極高，唯正文注釋並不多。

*Hampson, Robert（ed.）. *Heart of Darkness with The Congo Diary*.
　　London: Penguin, 1995.
　　導論深入淺出，注釋詳盡，符合讀者所需。

Watts, Cedric. *Heart of Darkness and Other Tales*. Oxford: Oxford
　　University Press, 2002.
　　類似企鵝版，導論與注釋有助於讀者理解。收錄同期相關
　　短篇作品以爲伸展閱讀。

傳記類

Karl, Frederick and Laurence Davies（eds.）. *The Collected Letters of
　　Joseph Conrad*. 7 Vols. 1983-2005.
　　跨世紀的浩大計畫，結集康拉德所有書信。

Meyers, Jeffrey. *Joseph Conrad: A Biography*. New York: Copper

　Square Press, (1991) 2001.

　　通俗易懂，呈現康拉德不爲人知的過去。作者根據史料做
　　出許多大膽推論，首次揭露康拉德晚年與美籍作家珍‧安
　　德森(Jane Anderson)的一段情史。第七章專述康拉德的剛
　　果行。

*Najder, Zdzisław. *Joseph Conrad: A Chronicle.* Cambridge:
　Cambridge University Press, 1983.

　　康拉德傳記之標準本。作者大量引述書信，判讀中肯，重
　　構康拉德多樣的人生。第五章詳細記敘康拉德1890年的生
　　活，勾勒〈黑暗之心〉的醞釀歷程。

Sherry, Norman. *Conrad's Eastern World.* Cambridge: Cambridge
　University Press, 1966.

*———. *Conrad's Western World.* Cambridge: Cambridge University
　Press, 1971.

　　此兩部鉅作以新歷史主義的角度詳述康拉德小說的背景與
　　創作過程，極具參考價值。《康拉德的西方世界》巨細靡
　　遺地考證康拉德的剛果行(頁9-124)，推敲〈黑暗之心〉
　　要角的歷史來源。

參考書

Bloom, Harold (ed.). *Joseph Conrad.* Broomall: Chelsea House
　Publishers, 2003.

　　採「傳記評論」(bio-critique)角度，淺顯易懂地簡介康拉
　　德生平與重要作品。

*Knowles, Owen and Gene Moore（eds.）. *Oxford Reader's Companion to Conrad.* Oxford: Oxford University Press, 2000.

四百多項解說細目包羅萬象，為康拉德研究的「百科全書」。

Stape, J. H. *The Cambridge Companion to Joseph Conrad.* Cambridge: Cambridge University Press, 1996.

全書共十二章，各由頂尖學者深入剖析康拉德主要作品與重要議題。

*Watts, Cedric. *A Preface to Conrad.* London: Longman, 1993.

作者為康拉德權威，除詳盡說明各作品的文化背景外，還就晦澀處仔細評析。首次提出「隱藏情節」（covert plot）的概念並討論庫茲身陷的陰謀(conspiracy)。

———. *Joseph Conrad: A Literary Life.* London: Macmillan, 1989.

以九大時期歸納康拉德的寫作歷程及風格演變，清晰易懂，入門用。

論文集

De Lange, Attie and Gail Fincham（eds.）. *Conrad in Africa: New Essays on "Heart of Darkness."* Lubin: Maria Curie-Skłodowska University Press, 2002.

為紀念〈黑暗之心〉一百週年，特於南非召開研討會之論文集。中心議題極務實：「為何需要研讀〈黑暗之心〉?」本文集有強化〈黑暗之心〉非洲層面之意。

*Kaplan, Carola, et al（eds.）. *Conrad in the Twenty-First Century: Contemporary Approaches and Perspectives*. New York: Routledge, 2005.

以全球化的視野倡導新世紀的研究。收錄薩依德生前最後一次訪談，暢談康拉德作品各項議題與風格演變，彌足珍貴。

Moore, Gene M.（ed.）. *Joseph Conrad's* Heart of Darkness: *A Casebook*. Oxford: Oxford University Press, 2004.

以新歷史學的角度重建〈黑暗之心〉的時代意義。節錄有關「黑暗大陸」之重要論文及歷史文獻，包括柯南道爾的《剛果的罪行》。

Roberts, Andrew Michael（ed.）. *Joseph Conrad*. London: Longman, 1998.

詳述康拉德研究與當代議題之相關(文本分析、帝國主義、性別、階級、現代性)，並各舉代表論述闡明之。條理清晰，勾勒康拉德研究之後殖民動向。

*Tredell, Nicolas（ed.）. *Joseph Conrad: Heart of Darkness*. New York: Columbia University Press, 1998.

引述各時期重要論述，乃有關〈黑暗之心〉的批評史最完善之評介。

專書

Collits, Terry. *Postcolonial Conrad: Paradoxes of Empire*. Oxon: Routledge, 2005.

本書針對〈黑暗之心〉、《吉姆爺》、《諾斯楚摩》、
《勝利》等作品,以拉康(Lacan)與傅柯(Foucault)的理論
建構出康拉德帝國小說的文化心理學,頗有「後馬克思主
義批評」的意味。第六章以神話角度探討〈黑暗之心〉的
悲劇性,並論及英國現代作家查特文(Bruce Chatwin)與
「不可言詮」的議題。

Firchow, Peter Edgerly. *Envisioning Africa: Racism and Imperialism
in Conrad's* Heart of Darkness. Lexington: University of
Kentucky Press, 2000.

「後阿奇貝時代」針對種族主義替〈黑暗之心〉辯護之代
表作。作者逐一檢視後殖民學者對康拉德的指控,毫不迴
避敏感議題。但作者僅就字典的定義著手討論「種族主
義」與「帝國主義」,並未引述歷史文獻,亦無探討兩詞
之歷史演變與時代意義,實為美中不足之處。

*GoGwilt, Christopher. *The Invention of the West: Joseph Conrad
and the Double-Mapping of Europe and Empire.* Stanford:
Stanford University Press, 1995.

本書認為〈黑暗之心〉再現非洲的挫敗顯現歐洲視野的侷
限──帝國言說無法自圓其說。〈黑暗之心〉表露雙重的
定位失敗:帝國不但無法忠實再現殖民異域,更無法以穩
固的帝國意識自我檢視。有關帝國主義的議題,本書不可
或缺。

Griffith, John. *Joseph Conrad and the Anthropological Dilemma.*
Oxford: Oxford University Press, 1995.

以人類學的觀點探討康拉德作品呈現的文化焦慮。引述豐
富的歷史文獻討論退化、入鄉隨俗等議題。

Hampson, Robert. *Cross-Cultural Encounters in Joseph Conrad's Malay Fiction*. New York: Palgrave, 2000.

本書雖專論康拉德早期的馬來小說，其「跨文化遭遇」的
角度當可應用於〈黑暗之心〉的評析，尤其貼近入鄉隨俗
與原住民的議題。

*Ross, Stephen. *Conrad and Empire*. Columbia: University of Missouri Press, 2004.

本書採用哈德與納格利(Michael Hardt and Antonio Negri)
當紅的帝國理論，爲新世紀研究之代表。作者認爲時下後
殖民議題及其辯論掩飾了康拉德的現代性。對康拉德而
言，帝國主義並無贊同與否的問題，而是如何思考
(conceptualize)的概念問題。康拉德作品不僅反映帝國主
義的變遷，更記錄已具雛形的全球化動向及其於歷史經濟
與政治心理上之衝擊。

Schwarz, Daniel. *Rereading Conrad*. Columbia: University of Missouri Press, 2001.

作者結合當代思潮重讀康拉德，賦予嶄新的時代意義。關
於康拉德作品與高更畫風之關聯尤有創見。

*Watt, Ian. *Conrad in the Nineteenth Century*. London: Chatto and Windus, 1979.

康拉德研究之經典專著。詳盡剖析康拉德1900年以前的創
作歷程與作品之文化背景。第四章專論〈黑暗之心〉，以

印象主義的角度細膩分析，並以維多利亞時期的社會演化
觀評析庫茲。本書不提〈黑暗之心〉的政治意識，亦未處
理帝國主義與種族議題，所代表的批評傳統正是阿奇貝所
欲抨擊的。

———. *Essays on Conrad.* Cambridge: Cambridge University Press, 2000.

華特過世時並未完成計畫中的另一曠世鉅作(*Conrad in
the Twentieth Century*)。本文集探討康拉德1900年後的發
展，可一窺華特原先的思想架構。本書收錄華特的一篇舊
時憶文，最令人拍案叫絕的是，二次大戰期間他曾爲桂河
大橋的戰俘，有天做苦役時居然自問道：「爲何康拉德的
墓碑沒有刻上妻子的名字？」歷劫歸來的華特返鄉後第一
件事便是前往康拉德墓前一探究竟。大師爲學風範可見
一斑。

相關網站

http://www.josephconradsociety.org/
英國康拉德協會網站。有期刊、專書、活動等資訊。
http://www.engl.unt.edu/%7Ejgpeters/Conrad/index.html
美國康拉德協會網站。
http://dept.kent.edu/ibewebsite/center.html
美國肯特大學康拉德研究中心網站。收錄康拉德作品首版
封面之彩色照。

重要期刊

The Conradian

英國康拉德協會出版，每年兩期。本刊著重新歷史主義式的文學研究，走向略為保守。

*Conradiana

美國德州理工大學出版社(Texas Tech University Press)出版，每年三期。收錄之論文偏重新興文學理論。

L'Epoque Conradienne

法國康拉德學會所出版，每年一期。

目次

譯序——讀了再說 (1)

緒論 (3)

　一、〈黑暗之心〉的經典地位 (3)

　二、康拉德的黑暗之旅 (7)

　三、「俗世的夢想，邦聯的萌芽，帝國的興起」 (13)

　四、「整個歐洲造就了庫茲的誕生」 (16)

　五、「無法言傳的恐怖黑暗處」 (21)

　六、「一個故事並不具有核心意義」 (26)

　附錄一：〈黑暗之心〉的版本與國內現行中譯本之評介 (34)

　附錄二：關鍵用語的翻譯說明 (47)

　附錄三：關鍵情節頁碼對照 (49)

　附錄四：康拉德年表 (51)

　附錄五：重要研究書目提要 (56)

黑暗之心　1

1　3
2　47
3　83

黑暗之心

1

　奈麗號帆船徐行下錨，連帆也不抖，就靜泊不動。潮已漲，風亦止，欲往下行的它只能在此靜待潮水退去，再逐浪而行。

　泰晤士河的出海口十分遼闊，有如源頭般導向錯綜複雜的水路。放眼望去，海天一線，波光粼粼，舢板隨波逐流，高聳的紅色帆布群裡，斑駁的船帆似乎靜止不動，乍現青光。茫茫薄霧中，近海河岸往海延伸，低垂不見。墓角城[1]上空一片漆黑，城後遠方的黑暗凝聚愁雲慘霧，籠罩著世上最大、也是最偉大的城市。

　招待我們的是董事長，也是我們的船長。他站在船首留意前方，而我們一行四人則在後敬愛地望著他的身影。這條河上就算他最具航海的氣息了。他猶如舵手，對船員來說，是信賴的化身。很難理解為什麼他工作的地方不在前方閃爍的河口外，而是在身後，在那片揮之不去的陰霾裡。

　如我上回所說[2]，我們這夥人之間有著海的聯繫。聚少離

1　Gravesend：倫敦東方肯特郡(Kent)濱泰晤士河右岸小城。因馬羅一行人此時已達出海口，往西方上游望去即Gravesend，故倫敦就在更遠的西方——「城後遠方」。

2　在與〈黑暗之心〉同時結集成書的短篇小說〈青春〉裡，馬羅也說過類似的話。

多，我們靠海維繫情誼；海也讓我們更有耐心傾聽彼此軼事——甚至包容不同信念。老友律師先生，德高望重，臥在船上僅有的毯子上，享用僅有的椅墊。會計先生早已拿出多米諾骨牌[3]，像蓋房子般把玩著。馬羅則靠著後桅桿盤腿坐於船尾。他雙頰凹陷，面色泛黃，背脊硬挺，一副苦修神態，垂手掌心朝外，狀若神像[4]。董事長穩固錨繩後就朝船尾走來，同我們一起坐著休息。大夥兒慵懶聊了幾句。船上隨後一陣沉默。不知怎麼，沒人想玩牌。大家都若有所思，靜靜凝視前方。賞心悅目的光輝中，一天也將寧靜地落幕。波平如鏡，穹蒼輝煌，萬里無雲；愛瑟克[5]沼澤地上空的雲霧如同光彩炫麗的薄紗，輕柔飄渺，從內陸林地一路籠罩至河岸。只有西天那塊盤旋於上游的陰霾，彷彿被迫近的太陽所激怒，愈顯陰沉。

太陽終於沿曲線般隱約沉落，閃爍的白光逐漸轉為冰冷的暗紅，似乎轉眼間即將消失，好像一觸到籠罩在眾人上空的那團陰霾就會死去。

這時河面乍然起變，周遭的寧靜變得較不懾人，但更深邃。長日將盡，寬廣的老河為歷代濱河維生的民族效命，年長月久，此時依舊穩健地流著，並以內河航道慣有的泰然之姿，流向天涯海角。望著可敬的滾滾大江，我們不以浮光掠影視之，而是內心

3　domino：類似麻將的牌戲，象牙或骨製，一組28個。

4　idol：「狀若佛陀」（見下文之"the pose of a Buddha preaching in European clothes"）為馬羅娓娓道出「黑暗之心」最主要之意象，象徵悟道的過程。

5　Essex：泰晤士河左岸之郡(右岸即肯特郡)。

肅然，懷抱恆久的回憶。也只有崇拜海的「討海人」[6] 才能於泰晤士河下游喚起思古懷舊之情。潮起潮落，鞠躬盡瘁的河浪湧現回憶，充滿賦歸或出征的人物與船艦。它曾效命於許多民族英雄麾下，從德雷克爵士至富蘭克林爵士 [7]，各路英雄騎士——有名無名的海上遊俠。它曾運載的船艦皆爲曠世奇葩，威名遠播，如滿載寶藏而歸的金馬號，女皇親校後，功成身退 [8]；或如黑神號與勇懼號，出征後即音訊全無 [9]。這些船艦與人物，它都熟稔。他們曾從迪福堡、格林威治、愛瑞思等處啓航[10]——冒險家、移民；軍艦、商船；船長、將領，從事東方貿易的投機客，以及東印度公司船隊的「委任將軍」[11]。不論是尋寶者或是追求名利者，皆曾順流而下，一手拿劍，另手則舉著火把，替大君下召，

---

6 "followed the sea".
7 德雷克(Sir Francis Drake, 1545-1596)：英國歷史最著名之航海家，爲伊莉莎白一世麾下戰功彪炳的海軍大臣。1577年至1580年，首次繞行世界一周，打敗西班牙無敵艦隊；1579年於現今之舊金山北處登陸，並占領現今之加州，替英國開啓海權時代。
   富蘭克林爵士(Sir John Franklin, 1786-1847)：英國著名極地探險家。他試圖穿越北極以求通往太平洋之「西北航道」(the Nothwest passage)。
8 1581年4月4日，伊莉莎白一世親校德雷克的金馬號(*Golden Hind*)，封予爵士，並頒徽章一面，題字 "*Sic Parvis Magna*"(「功成名就」)。
9 the *Erebus* and the *Terror*： 1845年富蘭克林率這兩艘船艦探勘西北航道，將要成功之際，不幸全隊陷入冰川，於1847年6月11日死於黑神號上，功敗垂成。
10 Deptford, Greenwich, Erith：倫敦市東南區泰晤士河右岸港埠。16世紀以來，爲商船及軍艦重鎮。關於格林威治與相關港埠之航海歷史，詳見 Clive Aslet, *The Story of Greenwich* (Cambridge, MA: Harvard University Press, 1999)。
11 the commissioned "generals"：隨船至各地貿易之商賈。

遠傳文明聖火[12]。多少英雄曾於此破浪而行，航向神秘未知的世界！……俗世的夢想，邦聯的萌芽，帝國的興起[13]。

太陽西沉；夜幕降臨河上，沿岸萬家燈火開始此起彼落地照耀著。三腳柱上的卓門燈塔[14]在沙洲上發出耀眼光芒。河道裡船燈點點——燈火隨潮流上下遊走。上游的那座大城此刻依然不祥地返照於西天，既是夕照下虎視眈眈的陰霾，亦是星空下炫目的光源。

「這裡，」馬羅突然說，「也曾是世上黑暗的地方。」[15]

我們這夥人中，只剩他還在「跑船」[16]。如果他有什麼引人非議之處，莫過於他一點也不像他所代表的階級。他是水手沒錯，不過也是流浪者，而水手大都過著——容我直說——久坐不動的生活。水手多半待在家裡，與家——他們的船——形影不離；也離不開他們的國度——海。各艘船都大同小異，而海總是

---

12 the sacred fire：遠傳文明聖火，把「光明」帶到「黑暗」地方——此為大英帝國最自豪、最悠久之征服動機，也是馬羅隨後所謂「救贖的信念」（the redeeming idea）。關於大英帝國歷史及重新評估，見Niall Ferguson, *Empire: The Rise and Demise of the British World Order and the Global Power*（London: Allen Lane, 2002）。

13 The dreams of men, the seed of commonwealths, the germs of empires：故事開始時敘事者緬懷帝國先賢，用詞慷慨激昂。不過在傾聽馬羅的遭遇後，敘事語氣已無先前的肯定，故事末的黑暗意象顛覆了此處「光明正大」的帝國情操。

14 Chapman lighthouse：應指泰晤士河出海口處Chapman Sands小島上之燈塔。

15 "And this also...has been one of the dark places of the earth"：關於馬羅此句「名言」，詳見〈緒論〉最後之討論。

16 "followed the sea".

不變的。正因周遭不變，異域、異客、花樣人生在他們心中就此
悄悄逝去，不帶一絲神秘，反倒摻雜些許輕蔑蒙昧無知；畢竟海才是
最神秘的，掌控生命，如命運一樣不可預知。對普通船員來說，
下工後到岸上逛街或狂歡就足以揭開異域不為人知的一面，而通
常他都覺得不足為奇。水手常道的奇聞逸事皆單純得很，其涵義
就如被軋開的堅果，核心唾手可得。可是馬羅與其他水手不同
(除了愛說故事外)[17]，他認為一個故事並不具有核心意義，其涵
義不像堅果的核心，而是如同外殼包覆著整個故事；而故事點出
涵義如同殘光照射出薄霧，又如鬼魅月光勾勒出朦朧的光暈。

　　他剛說的話一點也不突兀。那句話正如馬羅。大夥以沉默應
之。沒人吭聲；他接著慢慢地說道——

　　「我指的是很久以前，一千九百年前，當羅馬人初次登陸
時——好像就在昨天一樣……從此光明就在這條河上誕生了——
你說騎士[18]？沒錯；但這光明有如燎原星火，烏雲閃電。我們都
活在轉瞬間[19]——願轉瞬光陰能與世永存！話說回來，昨日這裡
還是一片黑暗。試想當將領的心情——要怎麼說，地中海人所謂

17　除〈黑暗之心〉外，馬羅亦是康拉德其餘三部小說之敘事者：《吉姆
　　爺》、〈青春〉和《機會》。馬羅敘述的故事皆為「劇中劇」，其角
　　色呈現都是經由另一無名敘事者而得。因此，就言說層面來看，讀者
　　並非單純傾聽馬羅說話，而是透過無名敘事者之「轉述」才得以了
　　解。此「多重敘事」(frame-narrative)手法顯示主體故事已為「二手」
　　性質，「非線性」動向突顯涵義之不確定性。康拉德崇拜之19世紀作
　　家如屠格涅夫(Turgenev)、莫泊桑(Maupassant)、吉卜林(Kipling)、威
　　爾斯(H. G. Wells)等，皆善用此手法。
18　「騎士」(knight)與「光明」(light)讀音相仿。
19　live in a flicker：馬羅顯現典型的「世紀末」(*fin de siècle*)焦慮。

的戰船指揮官,接獲密令北上;連夜趕路穿越高盧[20];前去指揮
戰船——如果古書記載沒錯的話,那是一艘百人衛隊短短一兩個
月就造好的戰船。試想他在這裡的樣子——在世界的盡頭,海色
如鉛,天色如煙,船如手風琴般[21]堅固耐操——在此逆流而上,
帶滿補給,背負任務及其他林林總總的東西。沙洲、沼澤、密
林、野人——文明人吃的食物少得可憐,渴了也只能喝泰晤士河
河水。上不了岸,沒酒[22]可喝。軍營深陷原野,如海底之針音訊
全無——風雪、濃霧、暴雨、瘴癘、放逐、死亡——空中、水
中、草叢裡皆死氣沉沉。勇士們紛紛倒下。唉,沒錯——他終究
完成任務。毫不猶豫下圓滿達成任務,只在事後自我吹噓一番。
這些好漢夠勇,足以面對黑暗[23]。他如能死裡逃生,在羅馬又有
貴人相助,就有機會派至拉文納[24]晉升爲艦隊司令,可能會暗自
竊喜一番。要不然就試想一位身著托加袍[25]、體面的年輕人——
可能賭輸了——隨首長、稅務官、或貿易商一行人到此試試運
氣。登陸沼澤,穿越密林,到內陸基地才發覺野蠻,十足的野
蠻,已將他團團圍住——那種在森林、叢林,以及野人心中騷動

---

20 Gaul:羅馬時期法國之古名。

21 英人Charles Wheatstone(1802-1875)受中國樂器「笙」之啓發,於1829
   年發明手風琴(concertina)。羅馬時代應無此樂器。對馬羅一行人來
   說,手風琴爲「當代」之玩意。

22 Falernian wine:羅馬時期義大利南部Formia盛產之名酒。

23 They were men enough to face the darkness:這些羅馬英雄將襯托出庫茲
   爲另類的「反英雄」(anti-hero)。

24 Ravenna:義大利東北古城。西羅馬帝國爲期250年之首都,亦是東羅
   馬帝國主要港都。

25 toga:古羅馬時期上流人士所著之長袍。

著的神秘野性。要適應這種野蠻生活是沒有新生訓練的。他必須在深不可測的事物中求生存，而這些東西往往也十分可憎。不過這些影響他的東西也有其魅力。厭惡所致之迷戀[26]——你知道嗎，想想他心中日益增長的悔恨、對逃脫的渴望、於事無補的反感、屈服、恨。」

他停頓一下。

「要知道，」他又開始說，舉起手來、掌心朝外，盤腿而坐的他有如身著歐服傳道的佛陀，只欠蓮花——「要知道，我們不會這個樣子。保住我們的是效率[27]——為效率所做的奉獻。老實講，那些人微不足道。他們不是殖民者；單靠壓榨來治理，如此而已。他們是征服者，有蠻力就行[28]——其實也沒什麼好跩的，因為力量只不過是意外一場，由別人的懦弱而得的。他們到處搜刮，有什麼就搶什麼。這僅是打劫、大肆殺戮、盲從——對付黑暗的人總是這樣[29]。仔細研究的話，征服世界其實不是什麼好事，往往就是搶奪膚色不同或鼻子比我們稍扁的人。只能靠信

26　the fascination of the abomination：庫茲投身黑暗的助力亦源自此悖離常軌的迷戀。

27　efficiency：維多利亞時期所推崇之「工作倫理」（work ethic）強調人生意義在於對工作堅忍不移之付出。康拉德中篇小說《納西斯號上的黑鬼》及短篇故事〈青春〉皆突顯此觀念。

28　康拉德下一部小說《吉姆爺》將探討殖民者與征服者異同之議題。另詳見Avrom Fleishman, *Conrad's Politics: Community and Anarchy in the Fiction of Joseph Conrad*（Baltimore: The Johns Hopkins University Press, 1967）。

29　very proper for those who tackle a darkness：庫茲的變化正符合此描述。

念來救贖我們了[30]。在征服背後的信念；不是矯揉造作的藉口，而是眞的信念；再加上對信念無私的信仰——可以樹立、膜拜、爲之犧牲的東西……」

他打住不說。燈火遊走河上，許多小燭火[31]，綠色、紅色、白色的，彼此追逐，來回穿梭——然後再以不同步調各自分散。漸暗的夜色裡，不眠不休的河上有著大城川流不息的交通。大夥兒在旁凝望，耐心等待——漲潮時也沒事可幹；不過，當馬羅打破沉默、欲言又止地說：「你們該記得我曾在河上跑過船，」大夥兒才知道，退潮前註定要聽他講一段沒有結果的經歷。

「我不想拿自己的遭遇煩你們，」他開始說，講故事的人常犯這種毛病，不知道聽眾就是愛聽這類故事：「要弄清楚這件事對我的影響，就要先了解我怎麼到那邊、看到了什麼、如何溯河而上到那裡見到那個可憐蟲。那兒沒有航道可達，而整件事的高潮就在那發生。不知怎麼，這件事讓我看清周遭事物——也讓我更了解自己。整件事蠻陰沉的——還很可憐——沒什麼特別——也不太明朗。對，不太明朗。可是又讓人有所領悟。

「你們記得我那次回倫敦，跑遍印度洋、太平洋、中國海——定期的東方之旅——六年多前，整天閒混，打擾大家工作，到處串門子，好像負有神聖任務要感化你們。這樣過一陣子還不錯，但不久就閒得發慌。就想找條船——最難辦不過了。但沒船要我。我也就不玩了。

30　What redeems it is the idea only.
31　標示船隻方位之燈火。

「小時候我很愛地圖[32]。常盯著圖上南美洲、非洲、或澳洲，渾然忘我，陷入光榮冒險的遐想。那時世上有許多空白的地方，我在圖上看到一塊特別吸引人的地方（其實每個地方都是如此），就會指著說，長大一定要去那邊。記得北極就是這種地方。我當然沒去過，以後也不會去。沒有魅力了。而其他空白之處分散於赤道附近，南北兩半球各角落也還有。我去過其中一些地方，而……還是別提了。不過有一個地方——可說是最大、最空白的——我很想去。

「沒錯，現在那裡已不再空白。從童年那段日子以來，那裡就填滿許多河名、湖名、地名。那裡已不再是引人入勝的神秘空白——地圖上可讓小男生做美夢的白色缺塊。那裡變成了黑暗之處[33]。不過圖上可看到那裡有條大河，好像伸直身子的大蛇，頭埋入海，慵懶的軀體蜿蜒於荒野，尾巴消失於內陸深處。在櫥窗裡看見那裡的地圖就深深吸引著我，如獵鳥被蛇迷住般——真是傻鳥一隻。記得那時有某大企業在那條河設有貿易站。哈！我就想到，要在大河貿易，總要有交通工具吧——蒸汽船！何不弄艘船試試？我在艦隊街[34]閒逛，滿腦子都是這個想法。蛇終究把我迷住了。

「你們知道那家企業是歐陸的[35]，那個貿易集團；可是我有

32　康拉德亦同，見"Geography and Some Explorers," *Last Essays*（London: J. M. Dent and Sons, 1955）。

33　暗指非洲中部。見〈緒論〉三、四節的討論。

34　Fleet Street，倫敦著名之政商中心。

35　Continental concern：暗指比屬剛果公司。

很多親戚移民到歐洲大陸，據說那邊生活費低，沒想像中的差。

「我承認我讓他們操心，很遺憾。對我來說，這件事算是新嘗試。其實我不常那樣做。我總是獨來獨往，自食其力。沒想到事情會變這樣；但你們要知道，我覺得我該不擇手段到那裡去。我就讓大家操心。男的親戚光會說『親愛的某某，』而啥也沒做。然後——你們一定不信——我就找女的親戚試試。我，查理‧馬羅，要求女人去進行——去找工作。天啊！但這主意還不錯。我有位阿姨，很熱心。她寫信跟我說：『很樂意幫忙。爲你我什麼事都願做，任何事。你的想法很棒。我認識一位高官的太太，也認識一位權威人士，』等等。如果我眞的這麼想，她決定不計一切弄艘蒸汽船讓我當船長。

「當然，我終於獲得這個職位；很快就得到了。有一天公司接獲消息，有位船長與土人[36]爭吵時喪命。機會來了，我就迫不及待出發。直到好幾個月後，當我試著找尋屍首的殘骸時，我才聽說那次爭吵原因是有關雞的誤會。沒錯，兩隻黑母雞。費士烈文——那傢伙的名字，丹麥人——覺得交易時吃了悶虧，就拿棍子一股腦走上岸把村長毒打一頓。唉，聽到此事，我一點也不意外；而當我知道費士烈文是公認最溫文儒雅的人時，我也不覺奇怪。沒錯，他是好人；不過你們要知道，他已在那邊爲崇高的目標[37]奮鬥了好幾年，也許他終於發覺要以某種方式維護自尊。所

---

36 natives：19世紀用法有貶抑意味，故不宜翻成「原住民」。詳見〈緒論〉附錄二的說明。

37 noble cause：指教化任務(civilizing mission)。

以，眾目睽睽下，他毫不留情地毆打那老黑鬼[38]，大家都啞口無言，不知所措，直到有人——村長的兒子——受不了老頭的哀號，情急之下拿起長矛朝那白人戳戳看——當然，長矛一下就刺穿胸口。村人隨後一哄而散，逃向森林，深怕會有各種報復降臨；另一方面，費士烈文的船也落荒而逃，船上慌成一團，想必是由輪機長指揮。事後再也沒人理會費士烈文的遺骸了，一直要等到我上岸時不小心踩到他鞋子。這光景在我心中揮之不去；終於有機會見到我的前輩時，他的骨骸已被肋骨間的雜草蓋過。原封不動。神鬼戰士[39]倒下後就沒人敢碰。整村也隨之荒廢，到處斷垣殘壁，腐朽的房舍東倒西歪。沒錯，災難的確降臨。村民消失了。不知名的恐懼把他們嚇跑，男、女、小孩皆穿越叢林，鳥獸散，不再回來。我也不知道那兩隻母雞下場如何。我猜牠們已為文明進步而犧牲了。話說回來，沒料到這段悲慘事件反倒讓我獲得職位。

「我倉皇準備，不出48小時，就渡過英吉利海峽去見老闆簽約。很快就到那座城市[40]，那裡總讓我聯想到慘白的墳墓。沒錯，是偏見。公司很好找。全市最大的建築，裡頭的人各個也充滿偏見。他們治理海外帝國，靠貿易賺大錢。

---

38 nigger：有關本詞的翻譯，見〈緒論〉附錄二。
39 supernatural being：拜科技之賜，歐洲人在殖民異域常以鬼神自居，操縱群眾。庫茲亦宣稱：「我們白人『必定要以超自然形體之姿在他們[野蠻人]面前呈現出自己——接觸他們的時候，我們要發揮如神明所具的威力』。」(74)費士烈文的死因近乎荒謬，預告庫茲神話(the Kurtz myth)的潰敗。
40 暗指布魯塞爾。

「巷弄裡陰暗無人，房舍高聳，無數的百葉窗，一片死寂，石板間雜草叢生，到處可見雄偉的拱門，厚重的大門半開著。我找個缺口溜上樓，樓梯潔淨，沒什麼裝飾，如沙漠般乏味，看到樓上有門就進去。兩個女人，一胖一瘦，坐在椅子上織黑毛線。瘦的那位起身走來——依然低頭編織——當我正想讓路、像要閃避夢遊者一樣，她突然停住腳步，抬頭望我。她衣著毫不起眼，有如雨傘布，二話不說就轉身領我到等候室。我報上名，環顧四周。中間有張辦公桌，沿著牆擺滿了各種不起眼的椅子，耀眼的地圖掛在牆上，塗滿七彩標記[41]。一大片紅色——隨時看到都很棒，因為我們知道那裡建設不錯，藍色也蠻多的，些許綠色，點點橘色，而圖東岸有一塊是紫色的，表示那裡有快活的拓荒者飲酒作樂[42]。但我不是要到這些地方。我要去的地方是黃色的[43]。深入正中間。那兒有條河——很迷人——致命的——如蛇般。哦！門一開，一頭白髮的秘書探頭過來，頗有同情心的樣子，乾扁的指頭作勢喚我到裡面的密室。房間昏暗，笨重的書桌占據中央。感覺後頭有東西看起來臃腫蒼白、身著長袍。正是那大人物。我想他有五呎六，擁有各式頭銜。他同我握手，低喃幾句，覺得我法語還不錯。*Bon voyage*[44]。

---

41 19世紀地圖通常以「政治顏色」(political colour)區分各國勢力範圍：紅色屬英國、藍色屬法國、綠色屬義大利、橘色屬葡萄牙、紫色屬德國、黃色屬比利時。

42 暗指東非，當時為德國的勢力範圍。馬羅顯然對大英帝國感到驕傲，瞧不起其餘歐陸帝國。

43 暗指比屬剛果。

44 「順風」。比屬剛果通行法語。

「45秒後我又在等候室，那位有同情心的秘書要我簽文件，滿臉憂愁與慰問之意。我除了簽訂種種條款外，還答應絕不洩漏商業機密。我到現在也不會透露[45]。

「我覺得有點不安。你們知道我不習慣這些繁文縟節，其中又瀰漫著不祥氣氛。似乎身陷某種陰謀[46]——要怎麼說——反正不是什麼好事；很高興能離開那間密室。那兩個女人還在外頭拚命織著黑毛線。陸續有人進來，年輕的那位來回穿梭引介他們。較老的那位仍舊坐著。她穿拖鞋，靠在暖爐邊，膝上躺著貓在休息。她的頭戴著上漿的白色飾物，臉頰長疣，鼻尖架副銀框眼鏡。她眼睛由下而上瞄我。那一眼看得又快又冷，出奇平靜，令人發毛。兩個少不經事、活潑的青年正接受指引，她也抱以同樣目光，既快又漫不經心，但潛藏睿智。她似乎一眼就看穿他們，也把我看穿。我感到莫名恐懼。她看起來如此神秘、致命。到那裡後，我常在遠方想起這兩個人，守護著黑暗之門，好像用黑毛線編織溫暖的柩衣；一位負責引領，把人引向未知，一位則以長者的目光漠不關心地審視快活的年輕傻子。*Ave*！織黑毛線的老者。*Morituri te salutant*[47]。她們看過的人大都再也見不到了——一半都不到。

「但是我還得去看醫生。『純粹是例行公事，』秘書向我保證，似乎很能體諒我的擔憂。隨後一位斜戴帽的年輕小伙子，我猜

---

45 馬羅於第三節再次強調此點。(88)
46 馬羅到最後才知道原來公司有陰謀要致庫茲於死地。
47 拉丁文：「再見！……臨死的人向你致意。」此為羅馬競技場鬥士 (gladiator) 入場時對帝王致敬用語。在此引用頗有黑色幽默之意。

是個小職員——雖然整棟大樓如死城般寂靜，也該有職員吧——從樓上下來帶路。他衣著寒酸，吊兒郎當，外套袖子全是墨水漬，下巴如老靴子般，一團斗大領巾隨風飄揚。時候還早，醫生還沒到，我就提議先喝一杯，他心情還蠻愉快的。我們邊喝邊聊，他對公司業務讚頌有加，不過聽他說不去那邊，我覺得很奇怪，就問他原因。他頓時變得非常冷淡，正經八百。他以說教的口吻答，『我沒那麼笨，如柏拉圖告訴弟子說，』他狠狠地把酒一飲而盡，我們一同起身。

「醫生幫我把脈，顯然心中想著其他事情。『好極了，那邊有你真好，』他喃喃自語，然後突然很殷切地問我是否可讓他量量頭部。我有點訝異，不過還是答應他；隨後他拿出彎角規，前後左右測量，仔細記錄。他不修邊幅，矮個子，一身破爛長袍，穿著拖鞋，我還以為他是個溫和的傻子。『為了科學，我總是請求要到那裡去的人讓我丈量頭顱，』他說。『回來後也這麼做嗎？』我問。『喔，再也看不見這些人了，』他答；『況且要知道，改變是內在的。』他笑了笑，好像冷笑話。『要去那邊。好極了。很有意思。』他小心端詳我，又作紀錄。『家族有發瘋的病史嗎？』他若無其事地問。我很生氣。『問這種問題也是為科學嗎？』『說不定，』他說，毫不理會我的惱怒，『最好能就地觀察每人內在變化，才有科學價值，不過……』『你是精神科醫生嗎？』我打斷他。『醫生都是——或多或少，』那怪人冷靜地回答。『敝人有個理論，諸位到那裡要幫我驗證。我的國家分到這麼大塊附屬地，我可善用此優勢。錢就留給其他人賺吧。原諒我的問題，但我首次觀察到英國人……』我趕快告訴他，我一點

也不是典型的英國人。『如果是的話，』我說，『我根本不會跟你這樣講話。』『你的話很有深度，不過也可能有錯，』他笑著說。『要避免日曬倒不如避免煩躁。Adieu。英文怎麼說哩？Good-bye。啊！Good-bye。Adieu。在熱帶一定要保持鎮定。』……他比手勢警告……*"Du Calme, du calme. Adieu."* [48]

「出發前還有一件事要做——跟我那位好阿姨道別。她滿臉得意。我跟她喝茶——最後一杯好茶，下次不知要等到何時——在壁爐邊長談，房間極其優雅，想必貴婦的客廳就是這樣。談心之中我才漸漸明白，在那位重要人士的夫人前，誰知道還有其他哪些人，我被說成是具有非凡天賦的人——公司撿來的好運——偶遇的奇才。天啊！我只不過要去指揮破爛的蒸汽船，汽笛還像玩具哨子！更誇張的是，他們當我是名副其實的志士。好像光明使者，或是沒那麼冠冕堂皇的使徒。那時社會上流行這種荒唐言論 [49]，那位好阿姨自然就被這種鬼話沖昏頭了。她高談闊論，說要『讓那些無知的群眾戒除陋習』，越講我越不自在。我就冒昧提醒她，公司要的是利益。

「『親愛的查理，要記得工人也是很值錢的，』她眉飛色舞地說。說也奇怪，女人總是不了解事情的真相。她們只活在自己的世界裡，但是天下哪有這麼好的事，絕對沒有。想得太美了 [50]，果真可行，太陽還沒下山，這種世界就會先行瓦解。到時

48　法文：「要冷靜。要冷靜。再會。」

49　a lot of such rot let loose in print and talk：指鼓吹帝國主義思想的宣傳花招。見〈緒論〉第四節的討論。

50　They live in a world of their own…too beautiful altogether：故事末尾馬羅

候，我們男人自盤古開天以來就不復有所求的歪理，將再度興起，壓倒一切。

「她隨後擁抱我，還叮嚀我要穿絨布衣，要常寫信等等——然後我就告辭了。走在街上，不知怎麼，我覺得自己在裝模作樣。以前的我接獲通知後，可以馬上於一天之內動身前往世界各地，如過馬路般，想都不想；但面對這件尋常任務，我心中閃過一絲念頭——倒也不是猶豫，而是像煞到的感覺。這麼說好了，我突然覺得要去的地方是地心，而不是大陸的內地。

「我搭法國籍的蒸汽船出發，這艘船一一停靠他們在那邊所有的爛港，就我所知，只為運送士兵及海關人員。我看著海岸。看船外逐漸遠離的海岸有如思索著謎團。就在眼前——或喜、或怒、誘人、高傲、刻薄、枯燥、或野蠻，總是不吭一聲，卻又像在喃喃自語：你過來，就會知道。這片海岸平淡無奇，似乎尚未定型，單調、陰森。岸邊的巨大叢林，深綠黝黑，沿白浪筆直延伸，薄霧低垂，海色碧藍朦朧。陽光炙熱，大地似乎充滿熱氣，閃閃發亮，水汽晶瑩。放眼望去，隱約可見白浪下有灰白小點聚集四處，插有旗幟。是古老的屯墾地吧，與那片浩瀚無人的背景相比，顯得比針頭還小，微不足道。我們躑躅前進，靠港，運送士兵；繼續航行，送海關人員到鳥不生蛋的荒野徵稅，荒野吞噬了裝有旗杆的鐵皮屋；再多運一些士兵——想必是要保護海關。聽說有些人還沒上岸就淹死了；不管下場如何，根本沒人在乎。

（續）————————————————————

　　對庫茲未婚妻說謊，就是要保存「完美」世界。詳見〈緒論〉最後的討論。

我們只顧把人丟下，就走。海岸始終如一，我們好像不曾前進；
但我們經過許多地方——貿易地——如大巴森，小波波[51]；地名
可笑之至，好像出自背景陰森的糟鬧劇。身爲乘客的悠閒、與其
他人無話可說所致之隔閡、波平如鏡的海、清一色陰沉的海
岸，這些似乎都掩蔽了事實眞相[52]，讓我陷入悲悽、無知的迷
惘。不過，隱約傳來的浪濤聲有如兄弟之音，帶來喜樂。是自然
的，有其道理，有其意義。偶遇來自岸邊的小船，讓人短暫地重
回現實。船是黑人划的。遠遠可辨他們閃爍的白眼珠子。吆喝，
高歌；汗流浹背；這些傢伙的臉好像奇形怪狀的面具；但他們有
血有肉、人高馬大、生氣蓬勃、精力充沛，有如岸邊浪濤一樣自
然，一樣眞實。他們生於此，是天經地義的。他們也蠻賞心悅
目。我甚至覺得自己處的世界是如此單純；可是這種感覺維持不
了多久。往往遇到一些事情會把這種感覺給嚇走。記得有一次，
我們遇見一艘停在岸邊的戰船。那邊連茅屋都沒有，她居然在
砲轟樹叢。看起來法國佬有場戰爭在附近開打[53]。她的旗幟鬆
垮如破布；六吋長砲[54]的砲口直挺挺地伸出船身；油污、泥濘的
波浪慵懶地晃動著船，桅杆修長，不斷搖擺。浩瀚無際中，陸、

51　Gran'Bassam, Little Popo.
52　有如上述「女人」的世界。
53　1890年3月至10月法國與西非沿海小國Dahomey開戰。康拉德曾親眼目
　　睹戰事的進行，見他於1903年12月16日寫給友人Kazimierz Waliszewski
　　的信：*The Collected Letters of Joseph Conrad*, Vol. 3, ed. by Frederick R.
　　Karl and Laurence Davies（Cambridge: Cambridge University Press,
　　1988）, 94。
54　連載版與第一版皆作「八吋砲」。

海、空一片虛無飄渺，只有深不可測的船在那裡對著整個大陸開砲。砰，發射了；火舌竄出、消失，一縷白煙隨之飄散，小砲彈呼嘯而過——然後什麼也沒發生。什麼也不會發生。整個過程有點瘋狂，看起來好像可悲的惡作劇；雖然船上有人認真向我擔保，一定有部落——所謂敵人！——藏在某處看不到，這種感覺依然強烈。

「我們送信給這艘船後（聽說這艘孤船的船員都在發燒[55]，每天死三個），就繼續航行。陸續又造訪一些地方，地名都很可笑，死亡與貿易在那裡歡樂舞蹈，氣氛猶如悶熱的地下墓室，寧靜、充滿泥土味；一路上惡浪環伺無形的海岸，彷彿大自然想把入侵者擋開；迂迴曲折的河道——人世間的死亡之川，河床腐蝕成淤泥，河水濃稠，盡是爛泥——遍布扭曲的紅樹林，似乎因我們而苦，處於極端無助絕望的困境。我們每處皆停留不久，對這些地方都無具體印象，但我逐漸感到一股莫名難耐的迷惑。這種感覺就好像苦悶的朝聖之旅[56]，噩夢將降。

「往內地航行30天後，我終於看見那條大河的河口。我們在政府所在地[57]外海下錨停泊。但我還要到200百哩外的地方才能展開工作。因此，我很快啓程溯游到30哩外一地[58]。

「我搭航海用的小蒸汽船。船長是瑞典人[59]，得知我也是海

---

55 發燒為19世紀歐洲探險家的頭號敵人。

56 馬羅隨後戲稱象牙工人為「朝聖者」（pilgrim）。

57 seat of government：暗指剛果河口大城波馬（Boma）。

58 暗指馬塔地（Matadi）。

59 康拉德前往馬塔地時，船長也是北歐人。

員，就請我到艦橋。他很年輕、精瘦、金髮白膚、蠻陰鬱的，頭髮細長，拖著腳走路。船駛離那座小得可憐的碼頭後，他很不屑地朝岸上撇頭。『待過哪裡？』他問。我說，『對。』『這些公務員還不錯——對不對？』他繼續說，一口非常精確的英語，滿腔憤恨。『很可笑，居然有人只為幾法郎的月薪去做那些事。不知道這種人到內陸後下場會是如何？』我跟他說我很快就會知道。『原——來——如——此！』他大聲說。他斜站，一眼保持警戒，注視著前方。『別太有把握，』他又說。『上次我載一個人，在半途上吊了。也是瑞典人。』『上吊！天呀，怎麼會這樣？』我叫道。他仍專心瞭望。『誰知道？受不了陽光，要不然，可能是受不了這塊地吧。』

「我們終於抵達一處岬口。岩崖在眼前展現，岸上有犁過的土堆，房子蓋在山丘上，鐵皮屋散布在開鑿過的荒原或倚在斜坡上。不斷有急流聲從上方傳來，迴盪在這片遭人蹂躪的荒蕪之上。一大群人，大都是赤裸的黑人，像螞蟻般走動。碼頭突入河中。陽光炫目，不時發出陣陣光芒，吞噬這一切。『那裡就是你公司的基地，』瑞典人說，指著石坡上三座木造營房式建築。『我會把你的東西送去。剛才說有四箱？好。再會。』

「我在草叢中看到鍋爐搖搖晃晃地運轉著，然後找到小路通往山丘。一路蜿蜒，路旁堆滿礫石，還有傾倒的鐵路小貨車，四腳朝天。一個輪子掉了。看起來像是動物屍骨，死氣沉沉。沿路又看到更多舊機器，還有一堆生銹的鐵軌。左邊樹叢陰涼處似乎有黑影虛緩移動。我眨眨眼，路很陡。右邊傳來號角聲，許多黑人拔腿就跑。巨大低沉的爆炸聲撼動大地，崖上白煙隨之飄去，

就只這樣。岩石毫髮無損。他們在築鐵路。那座山崖根本不礙
事；他們所完成的只有這件漫無目標的開炸。

「這時身後隱約傳來叮噹聲，我就轉頭去看。小徑上六個黑
人結隊，吃力地走上來。他們身子挺直，步伐緩慢，頭上頂著搖
搖欲墜的小籃子，裝滿泥土，叮噹聲呼應著腳步。破黑布纏繞腰
間，布條在背後如尾巴般搖擺。他們骨瘦如柴，四肢關節好像繩
結；每人脖子上都被套上枷鎖，用鐵鍊串起來，環扣懸在中間叮
噹有韻。崖邊又一陣巨響，我忽然想起那艘在砲轟大陸的戰船。
同樣是不祥之音；不過再怎麼想，這些人都不能稱作敵人。他們
被當成罪犯，對他們而言，苛政法律就像轟然而降的砲彈，都是
來自海上無解的謎。各個氣喘如牛，瘦弱的胸膛吃力呼吸，上氣
不接下氣，雙眼無神地往山丘望去。他們與我擦肩而過，不理會
我，一副決然、死一般不在乎的樣子，真是苦命的野人。一個受
過教化的土人——新勢力的產物——提著步槍，跟在這群未開化
的東西後面有氣無力地走著。他穿制服，外套扣子沒扣齊，一看
到小徑有白人就連忙把槍托上肩膀。這個單純的舉動很精明，因
為白人遠看都一樣，根本看不出我是誰。不過他很快就放心了，
還賴皮地咧嘴笑笑，露出雪白牙齒，瞄一下他的犯人，似乎信得
過我而把我當夥伴看待。畢竟，我也算是始作俑者的同夥，造就
了這種盛氣凌人、合法的程序[60]。

「我沒有繼續往上走，反而繞到左邊的下坡路。我想讓那群

60　I also was a part of the great cause of these high and just proceedings：馬羅
　　雖同情黑奴的遭遇，在帝國主義盛行的大環境裡，仍無力挺身而出、
　　仗義執言。

拴鏈條的犯人先走遠，然後再自己走上去。你們知道我心腸不軟；我曾打過人、自我防衛。有時甚至會反抗、還擊——攻擊是反抗的唯一手段——還不計後果，因爲我一頭栽進的這種生活，其規矩就是如此。我見識過暴力、貪婪、慾望這些魔鬼；但是，哎呀！這些強大、貪得無厭、眼睛布滿血絲的魔鬼所支配、所驅使的是人——聽清楚，是人啊。但當我站在山腳，陽光一片刺目照在那塊大地上，我預見自己將會遇上愚昧這個魔鬼，既貪婪且無情，一種軟弱、虛有其表、雙眼無神的魔鬼。直到好幾個月後、好幾百哩外，我才會發覺原來它也同樣陰險狡詐[61]。我那時只管呆站著，好像目睹預兆般感到無比震驚。我最後才迂迴地走下坡，走向先前看到的樹叢。

「我避開山坡上人工開挖的坑洞，想不出到底是做什麼用的。至少看起來不像礦坑，也不是沙坑。反正就是一個大洞。或許跟做善事有關，讓這些罪犯有事幹。我不清楚。我後來還差點掉到山溝裡面，溝很狹窄，好像峭壁。我發現許多屯墾區所用的進口排水管都被亂扔到裡頭。每條都破損了。真是肆無忌憚的毀壞。我終於走到樹下。原本想走到樹蔭下歇腳；不過到那兒才發覺自己踏進煉獄火海。急流就在不遠處，持續不變的聲響排山倒海似地迎面傳來，打破樹叢裡悲悽的寂靜；那裡彷彿萬籟俱寂，只有神秘之音——好像突然聽得到大地運行的飛快步伐聲。

「黑色身影蜷伏著、躺著、坐臥在樹叢中，有的靠在樹幹旁，有的倒地不起，在陰影的遮蔽下若隱若現，痛苦掙扎、放棄

---

61 指驅使庫茲墮落的貪念。

生存、極其絕望。山崖又傳來爆炸聲，腳下一陣輕微震動。工程還在進行中。工程！而這裡正是工程的幫手退休等死的地方。

「他們苟延殘喘──看就知道。他們絕非敵人，也非罪犯，他們根本就不是人──只不過是受疾病挨餓之苦的黑影，雜亂無章地躺在昏暗的綠地。靠定期契約的種種名目，他們從沿岸各處被合法搜刮過來，身陷異地，吃沒吃過的食物，有的患病而無法上工，只好爬到這邊喘息。這些垂死的形體有如空氣般自由──也同樣柔弱。環顧四周，隱約可辨樹下閃爍的眼珠子。我低頭時注意到身旁有張臉。黑色的骨架整個後仰斜倚樹幹，雙眼死氣沉沉地睜開，凹陷的眼睛注視著我，斗大、空洞、視若無睹，眼球深處一閃白光，漸漸淡去。這男子看起來很年輕──算是男童──不過你們知道，很難猜得出他們那種人的年齡。我什麼忙都幫不上，只好給他口袋裡從瑞典船帶來的餅乾。他手指頭徐徐握住餅乾，就這麼拿著──除此之外，一動也不動，看都不看我。他脖子繫了條白色毛紗──為什麼？從哪兒拿的？難道是標幟嗎？──或是飾物──符咒──還是表示贖罪？白紗究竟有沒有什麼涵義？這條白布來自遠洋[62]，圍在黑脖子上顯得特別醒目。

「這棵樹下還有兩團參差不齊的黑影，屈膝而坐。其中一個目光茫然，下巴托在膝上，看起來真是慘不忍睹：他的弟兄亦如黑影，頭埋膝間休息，似乎累垮了；倒地不起、痛苦扭曲的形體遍布四周，狀若屠殺或瘟疫的情景。我瞠目結舌呆站在那裡，有

62　white thread from beyond the seas："white worsted"（白毛紗）產於英國東
　　部諾福克郡（Norfolk）之渥斯德（Worsted），故「來自遠洋」。

個可憐蟲居然起身趴在地上，以四肢爬到河邊喝水[63]。他從掌中舔水，隨後就叉腿坐在艷陽下，沒多久他那毛茸茸的頭就垂在胸前不動。

「我不想在樹蔭下多逗留，趕忙前往貿易站。在房子附近遇到一個白人，衣著出奇優雅，我還以為是幽靈現身。高領硬挺，袖口純白，羊駝呢的薄外套，雪白的褲子，領帶很亮，閃閃發亮的靴。沒戴帽子[64]。白皙的大手撐著綠紋洋傘，頭髮分邊，梳過、上油。他真讓人吃驚，耳朵還夾了支筆。

「我跟這位奇葩握手，原來他是公司的會計科長，在此總管帳務。他到外頭一下，他說，『透透氣。』用詞聽起來十分古怪，讓人聯想到呆坐的辦公生活。要不是因為我就是從他口中首次得知那個人的名字，我根本不會提起這傢伙，那個人是我那段回憶裡無法釋懷的一部分。此外，我尊敬這傢伙。沒錯，敬重他的衣領、寬大的袖口、梳理過的頭髮。他外表完全就像髮廊所展示的模特兒一樣；大地一片頹廢，他居然還能整理服裝儀容。這就是所謂的骨氣[65]。那上漿的高領與筆挺的襯衫胸口都是品格所致之成就。他在那裡快三年了；我後來忍不住問他到底是如何穿得這麼炫。他有點不好意思，靦腆地答：『我在站裡有訓練番婆[66]

---

63 馬羅最後也目睹庫茲類似的下場：「他沒辦法走路——用爬的——逃不了。」(100)

64 一身是白，此為歐洲冒險家與殖民者之基本裝扮(帽子為不可或缺的避暑用品)。

65 backbone：如同時期的帝國主義者，馬羅相信唯有「高尚」的人才配征服其他民族。

66 native women：有歧視之意。諷刺的是，白人通常需「和番」以利殖民

幫忙。很不好訓練。她很討厭差事。』[67]這個人實在成績斐然。他甚至還全心奉獻給井然有序的帳冊。

「除此之外，貿易站的其他事情皆一團混亂──萬頭鑽動、東西散落、建築雜亂。一串串黑鬼來了又走，各個髒兮兮、外八字腳；大江把一批批貨物、爛棉花、珠子、銅線[68]送往黑暗深處，換來珍貴如涓涓細流的象牙。

「我在站裡枯等十天──遙遙無期。我住在庭院裡的小茅屋，常到會計的辦公室躲避塵囂。那是橫木搭的小屋，粗糙拼湊，當他埋首辦公時，斑駁的陽光從頭到腳形成條紋。光線充足，根本不用拉開百葉窗。屋內很熱；惡毒的大蒼蠅亂飛，不是用叮的，而是狠狠地捅你一刀。我通常都席地而坐，而他衣著完美無缺（甚至還噴香水），腳翹在凳子上，就這樣不斷地寫著、寫著。摺疊床剛好有病人借住（抱病號的代理商，內地來的），他顯得有點煩。『病人的呻吟，』他說，『讓我分神。這種氣候如果不專心的話，文書難保不出錯。』

「有一天他跟我說，連頭都不抬，『你到內地一定會遇上庫茲先生。』我就問誰是庫茲先生，他說是一等的代理商；看我不

（續）─────────────
　　工作。19世紀末法國人針對非洲而作的殖民手冊將此視為要務。見
　　France and West Africa:An Anthology of Historical Documents, ed. by John
　　D. Hargreaves（London: Macmillan, 1969）, 206-9. 有關歐洲人與亞洲婦
　　女複雜之性愛關係，見John Butcher, *The British in Malaya, 1880-1941:*
　　The Social History of a European Community in Colonial South-East Asia
　　（Kuala Lumpur: Oxford University Press, 1979）, 84-7.
67　「番婆」與白種女人之差異象徵文明之分野。
68　brass wire：當地貨幣。

太滿意這個回答，他放下筆，徐徐地再加一句，『一個很了不起的人。』[69]詳細詢問後才從他口中探聽出來，原來庫茲負責一處貿易站，很重要的處所，在貨真價實的象牙國度，『在那邊最裡面。運回的象牙比其他人加起來還多⋯⋯』他又埋首記帳。那個病人病到都呻吟不出來。靜謐中，蒼蠅嗡嗡叫。

「外頭突然傳來吵雜聲與腳步聲，越來越近。來了一群旅隊。窗外一陣刺耳難聽的說話聲。腳伕都在聊天，混亂中可聽到貿易站長以惋惜的口吻說『放棄吧』，那天是第二十次聽到他哭喪著臉這樣說。會計師慢慢起身。『吵死人了，』他說。他輕聲走到房間另一頭去察看那個病人，看過後就告訴我，『他聽不見。』『怎麼會這樣！死掉了嗎？』我吃驚地問道。『沒有，還沒死，』他答，非常鎮靜。然後朝騷動的廣場撇撇頭，意有所指地說：『當你想確實無誤地記帳時，就會很討厭這些野人──恨死了。』好一會兒，他若有所思的樣子。『當你見到庫茲先生，』他繼續說，『替我轉告他，這裡一切』──他看一下辦公桌──『都很令人滿意。我不喜歡寫信給他──靠我們那些信差，根本不知道誰會拿到你寄的信[70]──寄到中央基地去。』他用一雙溫和的凸眼盯著我看，『喔，他一定會大有作為，會很成功的，』他又接著說。『不用多久，他就會成為政府要人。上面那些人──歐洲議會的人──想要培植他。』

「他繼續辦公。外面已經不吵了，我出去時在門口停了一

69　A very remarkable person：最後馬羅也有同感，故事末亦作此宣示。
　　（96，110，117）
70　送信之不可靠透露出公司裡陰謀角力的氣氛。

下。蒼蠅持續的嗡嗡聲中，要被遣送回國的代理商正在發燒，無意識地躺著；會計師則埋首帳冊，就確實無誤的交易記下確實無誤的帳目[71]；門外下方50呎處，死亡之林的樹梢靜止不動，依然清晰可辨。

「隔天我終於離開這個貿易站，旅隊一行60人，開始兩百哩路的長途跋涉。

「旅程沒什麼好談的。小徑、小徑，到處都是；踩平的小徑遍布空無一物的大地，錯綜複雜，越過高草，越過焦草，穿過樹叢，隨寒冷的山谷而上，沿炙熱的石丘而下；沒其他的，只有孤絕，連個鬼影都沒有，根本沒人住。那裡的人早已遠離家園。這麼說好了，如果一批神秘的黑鬼突然行經迪爾[72]與墓角城間，手執各式各樣可怕的武器，逢人便抓去充當腳伕，我想附近農舍很快就會沒人住吧。只不過這裡連房子都不見了。可是我仍然經過幾個廢棄的村落。斷垣殘壁的茅草牆有股說不出的可憐傻氣。我背後每天都有60雙光腳踏步前進，每雙腳負擔60磅的載重。野營、開伙、就寢、撤營、出發。腳伕偶爾死於搬運途中，或在路邊草堆休息，身旁放著空水瓢與拐杖。天地一片寂靜。或許在寧靜的夜晚會聽到遠方傳來陣陣撼動的鼓聲，忽高忽低，強弱有序；鼓聲奇特、引人入勝、發人遐想、狂野不羈——可能與基督教世界的鐘聲一樣具有深意。有天還遇到一個制服開敞的白人在

---

71 會計師對周遭苦難視若無睹，此乃「工作倫理」最大的反諷。

72 Deal：英國多佛(Dover)郡靠英吉利海峽之港城。據說凱撒大帝率軍於此登陸。

小徑上紮營，率一隊瘦高的桑吉巴爾人[73]充當武裝保鏢，很好
客，像過年的樣子——不用喝醉兩字來形容。他鄭重地說要尋找
這條路的養護員。是否看到路我都不敢講，更別談什麼養護員，
除非三哩外那具絆倒我的屍體、額頭有槍孔的中年黑鬼可算是永
固的改良品種[74]。我隊上有白人同行，這傢伙人還不錯，只是有
點胖，還有個習慣讓人受不了，他總是在炙熱難耐的山腳下昏
倒，在沒有樹蔭也沒有水的地方。你要知道，把外套當洋傘舉在
這傢伙頭上，他又是清醒的，真會把人惹毛。有一次我實在忍不
住問他來這邊到底是為了什麼。『當然是賺錢啊。不然要怎
樣？』他不屑地回答。他後來發高燒，只好用懸在桿子上的吊床
把他抬著走。他有16英石重[75]，我跟腳伕吵得沒完沒了。他們拒
絕再走下去，開溜的開溜，晚上還攜貨潛逃——真是造反了。有
一晚我就比手劃腳用英語演講，每個手勢都讓面前60雙眼看得
清清楚楚[76]，於是翌日早上吊床順利依令帶頭出發。然而，一小
時後這批人馬就倒在草叢裡動彈不得——病人、吊床、呻吟、毛
毯、一片慘狀。他可憐的鼻子被粗桿磨破皮了。他一直要我殺個
人，但是腳伕連影子都沒有。我想到那位老醫生——『最好能就
地觀察每人內在變化，才有科學價值。』我覺得自己逐漸具有科
學價值。可是講這些也沒用。第十五天終於再看到那條大河，我

---

73 Zanzibaris：非洲東岸桑吉巴爾島(Zanzibar)人。該島自古即為販賣黑
奴之門戶。

74 permanent improvement：與同期歐洲人一樣，經白人教化過的「黑
鬼」使馬羅心生好奇。

75 stone：英制單位，相當於14磅或6.35千克。

76 馬羅顯然警告這些腳伕若逃跑的話就格殺勿論。

蹣跚地走向中央貿易站。位於樹叢環伺的死水旁，一邊與臭泥為
界，糟透了；其他三邊則長滿燈心草，形成參差不齊的圍籬，將
貿易站團團圍住。一處未加修飾的缺口充當大門，朝裡面看一眼
就知道主事者為虛胖的魔鬼。白人手執長棍，無精打采地現身於
營區，逛過來瞧我，又消失無影。我表明身分，其中一個留鬍子
的壯丁蠻激動的，就喋喋不休、東扯西扯地告訴我，我的蒸汽船
沉在河底。真是大吃一驚。什麼，怎麼會這樣，為什麼呢？喔，
船『沒什麼問題。』那位『經理本人』在場。消息不會假的。
『大家都表現得很棒！很棒！』——『你應該，』他焦急地說，
『馬上去見經理。他在等你！』

　　「我當初沒能馬上看出沉船真正的意義[77]。我想現在知道
了，但還不是很確定——根本沒把握。當然整件事實在很蠢——
每次我想到——蠢到不自然。話雖如此⋯⋯但是當時這件事給人
的感覺只是討厭死了。蒸汽船被弄沉。他們兩天前突然載著經理
溯河而上，由一位自願出航的船長指揮，還沒航行三小時，岩石
就劃過船底，船沉到河南岸。我的船既然沉了，就問自己該怎麼
辦。老實說，要把我的指揮權從河裡打撈出來，還有很多事要
做。我隔天就著手進行。打撈一事，再加上把破船運回站內修
理，總共花了好幾個月[78]。

　　「第一次與經理會面的過程很奇特。雖然那天上午我已趕了

77　馬羅懷疑公司有人策劃陰謀，對他不利。隨後他發現申請修船用的鉚
　　釘一再延誤，且沒人在乎蒸汽船的修復，更令他心起疑竇，懷疑貿易
　　站有人要陷害庫茲，阻撓營救任務。
78　擅自開船、沉船，與費時的修補：公司陰謀欲延誤馬羅行程。

20哩路，他並沒有請我坐下。他的臉色、容貌、舉止、嗓音都很普通。身材中等，不胖不瘦。雙眼是一般的藍色，看起來好像非常冷峻，肯定可如斧頭般狠狠投以犀利目光。不過當時從外貌還看不出這個意圖。除此之外，他的雙唇流露一絲無法形容、隱約的表情，鬼鬼祟祟的——笑容——不是笑容——我記得很清楚，但說不出來。這笑容是無意的，雖然他講話後這表情會更加清楚，一閃而過。這表情總在他話後出現，像封印般將話語密封起來，讓最普通的句義都變得高深莫測。他是普通商人，打從年輕時就受雇於這種地方工作——僅此而已。大家都聽命於他，但他喚不起愛與畏懼，更別談尊敬了。他所激發的只有不安。對，就是這樣！不安。並非確切的不信任——僅是不安——如此而已。你們無法想像這種……這種……官能是多麼有效。他缺乏組織的才能，也無進取心，甚至連維持秩序的能力都沒有。從貿易站糟透的樣子就可看出這一點。他沒讀什麼書，無才智可言。他順利繼任這個職位——怎麼會這樣？可能是因為他從不生病……在此他已連任三次，每任三年……因為當大家普遍虛弱不振的時候，健康就成為一種力量，所向無敵。他返鄉休假往往盡情放縱——大肆炫耀。上岸後幾乎跟普通水手一樣——還是有別——外貌不同罷了。聽他聊天就可知道。他開創不了什麼，只顧維持例行公事——只能這樣。但他實在厲害。這小事足以使他厲害，因為別人猜不出這個人到底是受什麼驅使。他從不透露那個秘密。或許他身體裡面什麼都沒有。這點懷疑不禁讓人若有所悟——因為那種鬼地方是沒有視診的。有一次站內幾乎所有『代理商』都身染瘴癘、因病而倒，居然聽到他說，『沒有腸子的人才能前來這

裡。』說完就用那獨特的笑容將話封住,他的笑容似乎是一道
門,通往他看守的黑暗。你以為窺到了什麼──但早已被存封起
來。他很討厭每次用餐時白人都在爭順位,就下令做一張大圓
桌[79],大到要再蓋棟專屬的房子才放得下。這就是貿易站餐廳。
他坐的就是主位──其他位子什麼也不是。大家感覺得到這就是
他的定見。不能稱他有禮或無禮。他很溫和。他默許他的『小
弟』──海岸來的年輕黑鬼,胖到不行──在面前以惱人放肆的
態度對待白人。

「他一見到我馬上就開口說話[80]。我一路耽擱太久。他等不
及。沒有我也要啟程。上游的貿易站得需救援。遲遲沒有消息,
根本不知誰死誰生,過得怎樣也不清楚──等等,等等。他不理
會我的解釋,把玩著封蠟[81]不斷重複說,情勢『很嚴重,很嚴
重。』謠傳一處很重要的貿易站處境危險,站長──庫茲先生──
病重。但願不是真的。庫茲先生是……我聽了很煩,也很氣。我
想,管他什麼庫茲。我打斷他的話說,早在海岸那邊就聽說過庫
茲先生了。『喔!原來在那裡他們也談論著他,』他喃喃自語。
然後又繼續說,向我保證庫茲先生是他有過最棒的代理商,非凡
之人,對公司很重要;所以,我應該能體諒他的擔憂。他說,他
『非常,非常不安。』當然,他在椅子上一直躁動著,坐立不
安,喊了聲:『啊,庫茲先生!』頓時把封蠟條折斷,這個意外

---

79 an immense round table:如亞瑟王的「圓桌武士」。
80 如馬羅日後所悟,庫茲的魔力表現在說話上。在馬羅心中,庫茲就是
   「言談」。經理策動陰謀的言談與庫茲蠱惑人心的言論實不謀而合。
81 sealing-wax:象徵上述經理「存封」黑暗的笑容。

讓他不知所措。隨後他想要知道『要多久才能』……我又打斷他。你知道，我很餓，況且站太久，我變得粗魯。『我哪知道？』我說。『我連沉船都還沒看到——好幾個月，準沒錯。』這種對話真是無聊。『好幾個月，』他說。『那麼，就預計要三個月才能準備好出發。好。這樣子事情應該可辦成。』[82]我怒氣沖沖地走出他的小屋(他一個人住在用黏土蓋的小屋，搭有陽台)，喃喃自語對他的評價。他實在是個饒舌的蠢蛋。後來我把此話收回，因為我驚訝地見識到他為了要將『事情』辦好，居然可把時間預估得如此恰到好處。

「隔日我就開始工作，可說完全不管那貿易站。我想，只有這樣才能把持生活裡可彌補的事情。話雖如此，偶爾還是要權衡一下；然後我就看到這座貿易站，這群人頂著太陽、漫無目的地在廣場遊蕩著。我有時自問到底這一切有什麼意義。他們到處閒逛，拿著荒謬的長棍，如一群沒有信仰的朝聖者[83]，在腐朽的圍牆內著魔了。到處可聽到『象牙』一詞竊竊私語著、嘆息地說著。你會以為他們在對象牙祈禱。這詞流露一絲愚昧貪婪的氣息，好比從屍體冒出的臭味般。老天啊！從沒見過這麼虛幻的事情。外面有寂靜的荒野團團圍住此處開墾過的小地方，像邪惡或真理，是種偉大、無敵的東西[84]，耐心等待荒誕的侵略離去[85]。

---

82 That ought to do the affair：經理閃爍的言詞讓馬羅以為是指修船啓程救援一事；其實，他是指拖延庫茲的援救任務，使其病重致死之陰謀。

83 pilgrims：馬羅戲稱站內象牙販子為「朝聖者」，有諷刺之意。

84 something great and invincible：薩依德認為康拉德無法認清「黑暗大地」的「黑暗」實潛藏抵抗勢力，為其「悲劇性」的短視(詳見〈緒論〉說明)。但「偉大、無敵」的「沉默荒野」(silent wilderness)亦是

「喔，這幾個月！唉，別提了。發生許多事情。有天晚上，一個茅草屋——堆滿白棉布、印花布、珠子、零零碎碎等其他東西——突然冒火燒了起來，你以爲天崩地裂好像復仇之火吞噬那些廢物。我正在我的破船旁靜靜地抽煙，透過火光看見大家各個高舉著臂膀都在割草，這時那留鬍子的壯丁拿著鐵桶急忙衝向河邊，向我保證大夥都『表現得很棒，很棒』，汲了桶水後連忙趕回去。我看到他的桶子底部有個破洞。

「我慢慢走上去。沒什麼好急的。你知道那東西像火柴盒，一下就燒起來。從開始就沒救了。火舌高竄，逼退人群，照亮一切——然後煙消殆盡。茅屋已成一堆冒出閃閃火光的餘燼。有個黑鬼在旁被毒打。大家都說就是他不小心引起大火；雖是這樣，他的哀號實在慘痛。幾天後我見他病懨懨地坐在陰涼處喘息：然後起身走向外頭——荒野再度無聲地收容了他。當我從暗處走向火光時，發現我在兩個人的背後，他們在談話。我聽到有人講庫茲的名字，還有一些話，『要利用這個不幸的意外。』其中一位是經理。我跟他問好。『你有沒有見過這種事——哦？眞絕，』他說，話畢轉身就走。另一位還在。他是一等的代理商，年輕、斯文、有點拘謹，留分叉小鬍，鷹勾鼻。他跟其他代理商保持距離，而他們那邊則認爲他是經理監視他們的眼線。而我則從沒跟

（續）────────────────

馬羅觀察到的另一種「黑暗之心」，抗衡白人的宰制。無聲無語的大地終將戰勝一切：這是故事中最具反動的弦外之音。

85　the passing away of this fantastic invasion：在馬羅眼中，經理的陰謀策動與庫茲的退化皆屬對大自然的侵略，不自量力，終將失敗。見頁50、89。

他講過話。我們聊了起來，邊走邊聊，沒多久就離開嘶嘶作響的
廢墟。他隨後邀請我到他房間，在貿易站的主屋裡。他點火柴，
我發現這位年輕貴族不僅擁有銀架梳妝盒，甚至還獨享整隻蠟
燭。那段期間，只有經理才有權使用蠟燭。土著蓆子遮住黏土
牆；長矛、鏢槍、盾牌、番刀等收藏以戰利品展示。這傢伙負責
的業務為製磚——我是這麼聽說；不過整個貿易站連一塊磚都沒
有，而他在那已經整整一年多了——光在等。他好像缺什麼，所
以才無法造磚——可能是缺乾稻草吧。不管怎樣，缺的東西這裡
沒有，也不可能從歐洲運來，真搞不懂他到底在等什麼。或許是
在等上天特別替他造物吧。不過，他們那群人都在等待——十幾
二十個朝聖者——都在等什麼；我告訴你，從他們的表現來看，這
項活動真是合乎他們的興趣，雖然他們最終等到的只有疾病——
我想不出別的。他們到處中傷別人、策劃陰謀、相互為敵，以這
些愚昧的伎倆打發時間。整個貿易站瀰漫著算計的氣氛[86]，然
而，想當然沒什麼結果[87]。如同其他所有的事物一樣，這個氣氛
極其虛幻——就像整個公司事業的慈善幌子、他們的言談、他們
的治理手段，以及他們做事的表面功夫一樣不真實。唯一真實的
感覺就是被派到產象牙的交易站，然後再賺取佣金。他們彼此忙
著陰謀角力、惡言誹謗、厭惡對方，只為這個理由——但是真的

---

86 an air of plotting：關於此「算計的氣氛」之歷史剖析與深入討論，見
   Teng Hong-Shu, " 'An Air of Plotting': Conspiracy and Imperialism in
   Joseph Conrad's 'Heart of Darkness'," *EurAmerica* [《歐美研究》] Vol.
   30, No. 4 (December, 2000), 47-123.
87 可是馬羅沒料到經理的陰謀果真得逞。

要成就什麼事——喔，才做不成。世上居然有這種事，有人可以去偷馬，其他人連韁繩都不能看[88]。光明正大地偷馬。好極了。偷得好。或許他騎術精湛。但連最慈悲的聖人都會氣不過其他人看韁繩的樣子而踢馬一下。

「我不清楚他為什麼要這麼友善，不過當我們在那裡聊天時，我忽然發覺這傢伙想要知道某件事情——說穿了，向我刺探消息。他一直影射歐洲，那些我應該會認識的人——提誘導性的問題，想套出我在陰森之城[89]認識誰等等。他那雙小眼如雲母般閃爍——充滿好奇——雖然他設法擺出一臉輕蔑。我起初很訝異，但沒多久反而很好奇他到底想從我這知道些什麼。根本想不出有什麼值得他這樣做。看他困惑的樣子真是爽快，因為老實講，我直打寒顫，而除了該死的船務工作以外，我頭腦一片空白。顯然他認為我是無恥推諉的小人。他最後還是生氣了，而為掩飾躁怒，他打個哈欠。我起身。隨後我看到畫板上有一幅小油畫，畫一位女子披著衣、蒙眼、手持熊熊火把。背景昏暗——幾乎全黑[90]。女子姿態莊重，而火光打在她臉上的效果是不祥的氣氛。

「這幅畫深深吸引我注意，而他則有禮地站在旁邊，拿著空的半品脫香檳酒瓶（原有舒適療效），瓶口插根蠟燭。我問是誰畫

88　one man to steal a horse while another must not look at a halter：出自諺語 "One man may steal a horse, while another may not look over a hedge"——「只許州官放火，不許百姓點燈。」

89　sepulchral city：馬羅受雇的公司總部所在地。暗指布魯塞爾。

90　類似故事開頭「舉著火把，替大君下召，遠傳文明聖火」一段的意象。

的，他回答說是庫茲先生——就在這個貿易站，一年多前——當他在等運輸工具前往交易站時。『告訴我，拜託，』我就說，『這位庫茲先生到底是什麼人物？』

「『內陸基地的主任，』他簡短回答，臉撇向一邊。『眞感謝你的回答，』我笑著說。『而你是中央貿易站的製磚師。大家都知道。』他沉默好一會兒。『他是奇才，』他最後終於開口說。『他是憐憫、科學、進步的使者，鬼知道另外還代表什麼。我們需要，』他突然慷慨激昂地說，『指引，來領導我們發起歐洲所託付的運動；換句話說，我們要的是崇高睿智、普世同情、一心一意[91]。』『是誰說的？』我問道。『他們都這樣說，』他答。『有些人甚至出版文宣；很自然，**他**就到這裡，非凡之人，你應該知道。』『我爲什麼應該要知道？』我很驚訝地打斷他。他不理我。『對。今天他是模範貿易站的主任，過一年就會升任助理經理，再過兩年……我敢說你知道兩年後他會變怎樣。你屬新派——道德派[92]。把他調來的那幫人也特別推薦你。喔，別否認。我相信自己的眼光。』我恍然大悟。我親愛阿姨所認識的有力人士已對這位年輕人造成意外的效果。我差點笑死。『你看過公司密件？』我問。他無言以對。眞好玩。『當庫茲先生，』我不苟言笑地繼續說，『一旦成爲經理，你就沒機會偷看了。』

91　a singleness of purpose：維多利亞時期「工作倫理」之精義。

92　the new gang—the gang of virtue：「新帝國主義」強調人道救援與勢力擴張，與故事中「新派」的手段不謀而合。關於19世紀末葉帝國主義與新帝國主義的消長，見Richard Koebner and Helmut Dan Schmidt, *Imperialism: The Story and Significance of a Political Word 1840-1960* (Cambridge: Cambridge University Press, 1964)。

「他突然把蠟燭吹熄，我們一同走到屋外。月亮升起。許多黑色身影無精打采地在附近走著；倒水滅火，傳出陣陣嘶嘶聲；水汽在月光下冉冉上升，不遠處挨打的黑鬼哀號著。『那畜生真吵！』那留鬍子、不知疲倦的傢伙說道，朝我們走來。『罪有應得。犯規——處罰——砰！要狠，要狠[93]。別無他法。這樣才可避免下次再發生大火。我才剛跟經理說……』他一看到我旁邊的人頓時變得垂頭喪氣。『還沒睡，』他說，一臉諂媚親切；『當然會睡不著。唉！危險——焦慮。』他走開不見。我繼續走向河邊，製磚師也跟進。耳邊傳來一陣嚴厲語句，『那堆手筒[94]——快去。』朝聖者三五成群比手畫腳地討論著。其中幾個還拿著長棍。我真的相信他們帶著這些長棍睡覺。圍牆外森林如鬼魅般屹立在月光下，而透過隱約的騷動聲、透過悲情廣場傳來的模糊聲響，大地沉默，深深觸動了人心——它的神秘、偉大、潛藏生命出奇的真實感[95]。受傷的黑鬼有氣無力地在旁呻吟，他一聲長嘆，我加快腳步離開[96]。我發覺胳臂下有隻手出現。『我親愛的先生，』那傢伙說，『我不想被誤會，特別是被你誤解，你會先見到庫茲先生，遠在我有這個榮幸前。我不想讓他誤解我的性情[97]……』

93　pitiless：歐洲帝國主義在非洲也奉行此原則。

94　muff：套在手上的保暖用具。

95　the amazing reality of its concealed life：此句證明馬羅面對異域文化並非視而不見。關於其「說不出」的窘境，見〈緒論〉第六節的討論。

96　馬羅雖體驗「黑暗大地」的生命力，卻逃避其受迫害的現實。此動向與故事末他以謊言取代真相的自我防衛行為相仿。

97　my disposition：如「同志」般挽著馬羅的手臂這樣講，有點曖昧。

　　「我讓他繼續講下去，這個紙魔鬼[98]，如果我要的話，我想一個指頭就可把他戳破，裡頭除了一些污土外可能什麼也沒有。你們現在看出來了吧，他打算在現任經理下做事，想快點升任助理經理，我知道那庫茲的到來讓他們倆有點不爽。他嘰哩呱啦地講，我不想打斷他。我的肩膀靠在我那艘擱淺的船邊，船被拖到坡上擺放，有如大河獸的屍體。鼻子充滿爛泥味，天啊！是遠古[99]的爛泥，眼前則是一片高聳、寂靜的原始森林；漆黑的溪流閃閃發亮。明月把大地萬物罩上一層銀色——在茂密的草叢上、污泥上，在糾結成牆、比廟牆還高的草木上，也在那條大河上，透過昏暗的缺口可見那條河閃閃發光，滔滔不絕但無聲地流過。這一切真是雄偉、懷有希望、沉默無語，而那個人居然嘰嘰喳喳在談他自己。不知道眼前無語的浩瀚大地代表的是魅力或威脅。迷失在此的我們算什麼？我們果真能駕馭那個啞物，或者反被控制[100]？我覺得那個不能說話的東西真是巨大，巨大無窮，還可能對周遭充耳不聞。那裡面有什麼東西？我知道有一些象牙從那裡冒出來，還聽說庫茲先生在裡邊。關於那裡的事我也聽膩了——老天為證！但是那裡並沒有呈現出具體形象——就像如果有人

98　this papier-maché Mephistopheles: "papier-maché"乃「紙糊」。Mephistopheles 為德國傳說人物浮士德(Faust)出賣靈魂之魔鬼。相當於嚇唬人的「紙老虎」。

99　primeval：就時間點而論，馬羅說故事乃倒敘；就空間面向觀之，其溯河旅程乃回歸原點。「原始」、「太古」的森林，及隨後遇到的擊鼓、躁動的「原人」(primeval men)等，皆點出故事探討「野性」之象徵面。

100　馬羅顯然感受到悲情大地反撲的可能。

跟我說那裡藏有天使或魔鬼，我也一樣無法想像那裡的情形。我
相信那裡的存在，如同你們之間或許有人相信火星上有人住一
樣[101]。我以前認識一位來自蘇格蘭的製帆師，他一口咬定火星
上有人。如果問他火星人長什麼樣子、舉止如何，他馬上會靦腆
起來，吞吞吐吐地說一些有關『四肢爬行』的事。你如果敢偷笑
的話，他就會——雖然已有60歲——跟你打架。我雖然不至於會
為庫茲而戰，但是我為了他差點說謊[102]。你們知道我討厭、憎
恨謊言，受不了謊話，並非我比較正直，而是謊言讓我膽寒。謊
言藏有死亡的跡象，宿命的氣氛——正是我所討厭與憎恨的——
是我想忘卻的。謊言常讓我過得很苦、感到噁心，好像咬了口爛
掉的東西。天性使然，我想。話說回來，我幾乎說謊，因為我讓
那年輕傻子相信他的胡思亂想，以為我在歐洲果真認識權威人
士。我突然變得跟那群著魔的朝聖者一樣虛偽。理由很簡單，因
為我想這樣做會對未曾謀面的庫茲有所幫助——你該了解。對我
而言，他只是一個字而已。跟你們一樣，我根本看不到這個人。
你們看到他了嗎？你們看清這個故事嗎？看到了什麼？我覺得我
在訴說一段夢境——徒勞無功，因為夢的故事無法傳達夢幻的感
覺，那種混雜在一陣驚夢掙扎中荒唐、驚愕、困惑的感覺，那種
被無以言宣的東西所制伏的感覺、夢的本質……」

---

101 科幻小說家威爾斯(H. G. Wells)1898年作《世界大戰》(*The War of the Worlds*)描寫火星人入侵地球。他是康拉德的好友，也是首先賞識其首部小說的重要人士。

102 I went for him near enough to a lie：馬羅後來為維護庫茲名譽，拒絕對其親友透露「黑暗之心」的真相。

他沉默了好一會兒。

「……沒辦法，怎麼可能；怎麼可能傳達人生某階段的生命感——使其為真、賦予其義的感覺[103]——人生微妙、敏銳的精髓。絕不可能。活著，就像做夢一樣——都是孤獨的……」

他再度停頓，若有所思般，然後又補一句——

「當然就這件事來說，你們看得比我深入。你們可看清我，因為認識我……」

四周一片漆黑，我們這些聽眾根本看不見彼此。馬羅沒跟我們坐一起，對我們而言，他早已化為聲音。大家都沉默不語。可能睡著了，但我仍十分清醒。我聽著，專心傾聽一字一句，那些透露出蛛絲馬跡的字句，以了解這故事所激發的隱約不安，這故事在夜幕深沉的河上自然成形，好像不需訴說般。

「……沒錯——我讓他繼續說，」馬羅再度開口，「隨他高興猜想我背後有哪些勢力。真的是這樣！我背後什麼也沒有！除了我靠著的那艘糟透、老舊、壞掉的蒸汽船，什麼也沒有；而他還滔滔不絕地發表高論，『有必要讓大家都能出人頭地。』『來這邊，你知道，不是要癡癡等待成功的。』庫茲先生是『萬能的天才，』不過連天才也需要『適當工具——聰明的人，』才好辦事。他不造磚——唉，憑他的身體根本就不行——我看就知道；他替經理處理秘書業務，僅因『通情達理的人不會故意拒絕上司的信任。』我明白嗎？我看得很清楚。我到底要什麼？唉呀，其

---

103 it is impossible to convey the life-sensation of any given epoch of one's existence：關於馬羅「無以言宣」的困境，詳見〈緒論〉第六節的討論。

實我急需鉚釘！鉚釘。要繼續進展工作──修補破洞。我只要鉚
釘。海岸那邊有好幾箱鉚釘──一箱箱──堆積如山──塞滿箱
子──塞到裂開！在山丘旁的那座貿易站，走在廣場每幾步就會
踢到散落的鉚釘。鉚釘也滾到死亡之林。只要不嫌麻煩，一彎腰
就可把口袋裝滿鉚釘──但是最需要鉚釘的地方居然連一根釘子
都找不到。我們有船殼鋼板可用，卻沒有東西可將之固定。而信
差──一個黑鬼──每天扛著裝滿信件的袋子，手執長杖獨自前
往海岸地區。運補旅隊每週好幾趟從海岸地區載來貨物──慘白
到讓人不寒而慄的棉布、一夸脫值一便士的玻璃珠子、印有雜亂
花點的手帕等等。就是沒有鉚釘。其實，要修復那艘蒸汽船，三
位挑夫就足以運來所需的物品。

　　「他轉以信任的口吻對我耳語，我猜我無動於衷的樣子終於
把他惹毛了，因爲他居然認爲一定要告訴我他不怕鬼神，更別說
會怕什麼人。我就說我很清楚這點，但我想要的只是一些鉚
釘──而如果庫茲先生眞的知道情況的話，他也會急需鉚釘
的。每天有信送到海岸地區……『我親愛的先生，』他大聲說，
『我寫信是要聽別人口授的啊。』[104]我要求馬上送鉚釘過來。
聰明者事竟成。他改變態度，變得很冷漠，忽然把話題一轉談論
河馬；他想知道我睡在船上(我日以繼夜修船)有沒有被吵到。附
近有頭老河馬，習慣很壞，晚上常跑上岸闖蕩整個貿易站。朝聖
者以前常出動大批人馬，打河馬打到都沒子彈。爲了抓牠，有些
人居然還熬夜不睡。不過，這一切都是白費力氣。『那頭動物總

---

104 口授者當爲經理。

能逢凶化吉，』他說；『但是在這邊只有野獸才能如此幸運。沒
有人——聽懂嗎？——沒有人能在此逢凶化吉。』他站在月光
下，瘦長的鷹勾鼻撇向別處，一臉輕蔑，雲母般的雙眼眨都不
眨，閃閃發光，然後唐突地道聲晚安就走開了。我看出他很不
安、還很困惑，這幾天來我首次感到歡心鼓舞。不用對付那個傢
伙，我得以投靠我的有力盟友——破爛不堪的鐵皮船——真是令
人舒服。我爬上船。船在腳下陣陣作響，好像在水溝邊被人踢弄
著的鐵皮餅乾空罐[105]；比起來她一點也不堅固，形狀也不美，
但我在她身上花了不少心血，不禁喜愛上她。她真是最有助益的
有力人士。她讓我得以遠離人群——思索自己的出路。我不喜歡
工作。可以的話，我寧願整天混日子作白日夢。我不喜歡工
作——沒有人會喜歡——但是我喜歡工作所包含的真諦——追
尋自我的機會。你自己的世界——由你獨享——唯你獨知。別人
僅能窺見表面，只有你才知道其中奧妙。

「我習以為常地看到有人坐在船尾甲板、雙腳垂懸在污泥
上。我與站裡的一些技工結為好友，朝聖者自然很瞧不起他們——
我想是因為他們沒有規矩。這人是工頭——製造鍋爐為生——盡
責的工人。長得又瘦又高，面黃肌瘦，雙眼斗大有神。他一副憂
心忡忡的樣子，頭禿得跟我的掌心一樣光滑；但他鬚長及腰，似

---

105 Huntley & Palmer biscuit-tin：現名Huntley & Palmers，創立於1841年之
　　知名英國餅乾公司。該公司產品隨英國殖民事業擴展，行銷世界。設
　　計精美的錫製外盒廣受歡迎，且符合探險所需。史坦利、李文斯頓等
　　非洲探險家皆攜帶Huntley & Palmer餅乾盒以為補給。20世紀初以「亨
　　得利帕馬氏」之名行銷至中國。見http://www.huntleyandpalmers.org.uk/.

乎是頭髮掉下時被下巴卡住，於新處落地生根。他是鰥夫，獨自
撫養六個年幼的孩子(為了來此工作，他託妹妹照顧小孩)，工作
之餘熱中賽鴿[106]。他是鴿迷，也是行家。他總是極力誇讚鴿
子。下工後，他有時會從茅屋走來跟我聊聊他的小孩與鴿子；工
作時，當他需要在船底的爛泥裡爬行，他會拿出特地帶來的白餐
巾，將鬍鬚結在裡面。可結成好幾圈繞到耳後。傍晚時分常見他
蹲在河岸細心沖洗那條白布巾，並慎重地放到樹叢上晾乾[107]。

　　「我拍拍他的背，大聲說『我們會有鉚釘了！』他爬起來，
叫道：『不會吧！鉚釘！』似乎無法置信的樣子。然後他低聲
說：『你……哦？』不知怎麼，我們像瘋子一樣。我指著鼻子旁
邊，故弄玄虛地點頭。『太棒了！』他叫道，高舉雙手彈指打拍
子，手舞足蹈。我跳吉格舞[108]。我們就這樣在甲板上蹦蹦跳
跳。破船發出嚇人的碰撞聲，對岸的原始叢林傳來一陣震耳欲聾
的回音，撼動沉睡的貿易站。想必有朝聖者在屋裡嚇醒。經理宿
舍的門口有個黑影遮住玄關燈火，隨即消失，然後又有幾個黑影
出現又消失，最後連玄關也看不見了。我們停止不動。被我們踏腳
聲所趕跑的寂靜又自大地在深處重新降臨。草木形成萬里長
城——大堆錯綜茂盛的樹幹、枝葉，大大小小，花綵片片——在
月光下靜止不動，反而猶如狂鬧的大軍，闖入無聲世界；更像一

---

106 pigeon-flying：又稱pigeon racing。賽鴿起源於比利時。國際賽鴿總部
　　設於布魯塞爾，1823年首度舉辦倫敦至布魯塞爾的長途競賽，19世紀
　　末賽鴿已成為英、法、比等國例行的國際性活動。原住民的工頭竟以
　　賽鴿當嗜好，顯露其「歐化」頗深，亦顯示比屬剛果的殖民影響力。
107 此注意儀容的潔癖與馬羅先前遇見的會計科長相仿。
108 jig：源自16世紀蘇格蘭的民族舞蹈，以即興的快速踏步著稱。

波波浪愈捲愈高的樹海，從河上方傾洩而下，似乎要把微不足道的我們給捲走。可是這一切動也不動。遠處傳來一陣嬉水呼息的悶響，好像有隻魚龍在大河裡沐浴並玩得水花四濺。『最後，』鍋爐師傅明智地說，『我們哪會得不到鉚釘？』一定會的，想當然耳！想不出有什麼理由讓我們得不到鉚釘。『三週內就會有鉚釘了，』我自信滿滿地說。

「不過鉚釘根本沒送來。鉚釘沒來，來的反而是一批入侵的人馬、討厭的人、天譴的災難。他們花三星期分批到來，每批總有騎驢的白人帶頭，穿新衣、著皮鞋，高高在上的樣子，並向周遭目瞪口呆的朝聖者鞠躬回禮。一群喜歡鬥嘴的黑鬼緊跟在後，各個腳痠、緊繃著臉；一大堆帳篷、鐵皮盒、白箱子、棕色的貨物包全被亂扔到中庭，貿易站一團混亂，神秘的氣氛更加強烈。共有五批人馬到來，倉皇而逃的樣子實在很荒謬，因為他們帶著數不盡值錢的衣物和貨品，免不了讓人以為是搶劫過後要拖著戰利品到野外分贓。東西雖一團亂，本身是沒什麼問題；只是人性的愚昧讓它們看起來好像是偷來的贓物。

「這票致力奉獻的人馬自稱『淘金探險隊』[109]，我相信他們皆曾立誓守密。然而他們說話的樣子屬於貪鄙的海盜一類：莽撞但缺乏膽識，貪婪卻不夠無畏，殘暴卻沒有勇氣；在這群人中看不出誰有一絲深謀遠慮或遠大的企圖心，也沒人能了解這些特質為成就大事所需。他們的慾望僅是要從大地深處掠奪財寶出

---

109 Eldorado Exploring Expedition.

來，背後根本毫無道德目標[110]，就如撬竊保險箱的小偷一樣。不知是誰贊助這項偉大計畫；不過，那票人的隊長是我們經理的叔叔。

「此人外貌很像貧民區的肉販，雙眼流露一種無精打采的狡猾神情。他腳短肉肥，走路時一副炫耀肚子的樣子，當他的手下在貿易站出沒時，他只跟他姪子講話。整天只見他們倆到處閒晃、沒完沒了地竊竊私語。

「此時我已不再為鉚釘煩惱。人雖愚蠢，但不會笨到那種地步。我就說管它的！──一切順其自然吧。我整天無事，常胡思亂想，有時不禁想到庫茲先生。不是特別對他感興趣。不是這樣。儘管如此，我倒很想知道此人──懷抱道德理想而下鄉──最終是否能扶搖直上，其後又要如何開展他的事業。」

---

110 moral purpose：言下之意，如果有「道德目標」，這些盜匪行為是可諒解的。馬羅的說法與故事敘事者開宗明義的宣示("The conquest of the earth...")不謀而合。馬羅並非反對帝國主義，而是反對特定的帝國主義──貪鄙、缺乏道德目標的掠奪。為了成大事("for the work of the world")，「正當」的征服與掠奪為必要之惡。

2

　「有天傍晚我躺在蒸汽船的甲板，突然聽見講話聲，愈來愈近——原來是那對叔姪在河岸散步。我繼續倒頭休息，快睡著的時候聽到耳邊有人說話，大概是這樣：『我跟小孩一樣天真無邪，但仍不喜歡受人指使。我是不是經理——難道不是嗎？居然有人命令我要把他送去那邊。哪有這種事。』……我發現這倆兒站在河邊，靠著船頭，剛好在我的頭下方。我不動聲色；不想動：太睏了。『**實在討厭**，』叔叔嘟噥著說。『他請高層派他到那邊，』姪子說，『為了要證明他的能耐；隨後我的命令就下來了。想想看，那個人的後台一定很強。想到都有點怕。』他們倆不約而同地覺得這真是可怕，又說一些奇怪的事：『呼風喚雨 [1]——單打獨鬥——議會——險勝』——還有許多奇怪的字句讓我聽到都不想再睡下去，當我快清醒過來的時候，叔叔說，『氣候可替你解決這個難題 [2]。他一個人在那邊嗎？』『是的，』經理答道；『他支走助理，叫他順流而下、捎信給我，這樣寫著：「把這可憐蟲送走，別再派這種人過來。我寧可獨自一人，也不要與你丟過來的人相處。」』那是一年多前的事了。

1　make rain and fine weather：如巫師般作法。
2　參照馬羅臨行前醫生的警語。（16-7）

『真是放肆！』『然後呢？』叔叔沙啞地問。『象牙，』姪子冷不防地說；『一大堆——高級品——很多——很討厭，都從他那邊運來的。』『還有什麼？』叔叔低聲問。『發貨清單，』他狠狠地答。一陣沉默。他們在談論庫茲先生。

「此時我已完全清醒，可是靜靜地躺還蠻舒服，所以我仍不想動。『那些象牙是如何從大老遠運過來？』年長的那位咆哮說，很火大的樣子。另一個則解釋說，象牙是由庫茲的英籍混血職員領著一隊獨木舟運來的；庫茲本來要親自運回這批貨，因為那時他的駐所缺乏補給，但走了300哩路後，他突然決定折返，自己只帶了四個槳夫乘獨木舟離去，留下那位混血兒繼續帶著象牙順流而下。聽到居然有人幹這種事，那兩個傢伙皆啞口無言。他們想不出有什麼足夠的動機可解釋。至於我，似乎首次看到庫茲先生。是清晰的一瞥：獨木舟、四個划槳的野人、一位孤伶伶的白人突然背棄總部，放棄換班，不再想家——或許吧；他單獨面對蠻荒深處，面對淒涼無人的貿易站。我不清楚動機為何。或許他只是個堅守崗位的好人。你們要知道，沒人說出他的名字。他僅是『那個人』。而他們始終稱混血兒為『那個無賴』，雖然我知道他一定精明能幹、充滿膽識，才能帶隊完成如此艱鉅的旅程。那個『無賴』報告說『那個人』最近身體很不好——病一直都沒好……在我下方的那倆兒走遠幾步，在附近來回散步。我聽到有人說：『軍營——醫生——200哩——現在幾乎是孤單的——不可避免的延誤——九個月——沒有消息——奇怪的謠言』。他們又走近我這邊，經理說：『沒有人，據我所知，除了流浪商人一類——討厭的傢伙，專搶土人的象牙。』他們在講誰？隻字片

語中，我猜應該是指仍在庫茲轄區裡的某人，他並不受經理贊同。『我們會受惡性競爭之苦，除非能從這些人中揪出一個吊死，殺雞儆猴，』經理繼續說。『沒錯，』另一個嘟噥著說；『就把他吊死！有什麼不可以？在這邊想做任何事——什麼事——都可以辦得到。我說的錯不了；你要知道，在這裡——**這裡**——沒有人能搶你的位子。為什麼？你受得了這裡的氣候——活得比其他人都還久。要怕的是在歐洲；不過，我從那裡出發前有特別留意——』他們走遠低聲交談，不一會兒，又聽到他們的聲音。『一連串延誤是很反常，但不是我的錯。我已盡力。』那胖子嘆口氣。『真悲哀。』『他的言論荒謬，傷風敗俗，』另一位接著說；『當他還在我這邊的時候，真讓人傷腦筋。』『每所貿易站都應該如同指路明燈，導向美麗新境界，雖是貿易樞紐，更應成為教化、改革、指導的中心。』[3]『想想看——那蠢材！他居然想幹經理！這不是——』他說不下去，太過憤憤不平，喘不過氣；我稍微抬頭看去。很驚訝他們居然離我這麼近——就站在下面。如果一吐痰，就可吐到他們的帽子上。他們皆低頭凝視，若有所思。經理拿細樹枝拍打著腳：他精明的親戚抬起頭來。『自從你這次來這兒，身體都沒問題？』他問道。經理嚇了一跳。『你說誰？我嗎？喔！體健如神——如神。至於其他人——喔，天啊！都病倒了。死得還真快，都沒時間把他們遣送回國——真不可思議！』『嗯。正如你所說，』叔叔咕噥地說。『啊！我的

3　Like a beacon on the road towards better things, a centre for trade of course, but also for humanizing, improving, instructing：19世紀末盛行的新帝國主義言論。

小乖乖，要靠這個——聽好，要靠這個。』我看見他伸出短手，作勢一把抓住眼前的森林、溪流、污泥、大河——面對閃閃發光的大地，好像是以輕蔑侮辱的手勢，心懷奸詐的懇求，召喚著暗藏的死亡、潛藏的邪惡、深不可測的黑暗之心。他的樣子實在嚇人，我忍不住跳起來朝後方森林看去，我似乎也在期待有什麼可回應那邪惡的信心宣示。你們知道頭腦有時會胡思亂想。周遭的寂靜深不可測，容忍中帶有不祥，靜靜與這兩人對峙，等待這段荒誕入侵的退去。

「他們倆齊聲破口咒罵——我想是怕死了——然後假裝沒發現我，掉頭走回貿易站。夕陽低垂；他們肩並肩、俯身向前，好像是在把參差不齊的可笑影子吃力地拉上坡；影子則慢慢地被拖在長草上，連草葉都沒折斷。

「幾天後『淘金隊』陸續出發前往平靜等待的荒野，原野將之團團圍住，如大海吞噬潛水夫一般。很久以後才有消息傳來，聽說驢子都死光了。至於其他較不值錢的動物，沒人知道下場為何。可以確信的是，他們跟我們一樣，最後都得到報應。我沒繼續追問下去。那時我想到很快就有機會與庫茲見面，高興都還來不及。我們從小溪出發，僅花兩個月就抵達庫茲駐所下方的河岸。

「在那條河溯游而上好像時光倒流，來到盤古開天之時，地上草木蔓生，巨樹稱霸[4]。空盪的溪流，萬籟俱寂，密不可過的

4 　Going up that river was like travelling back to the earliest beginnings of the world：空間上來說，馬羅的溯溪之旅為「往上」、「向內」的動向；但就形而上(metaphysical)的層面來看，馬羅探究「野蠻」的過程為「上溯既往」、「回歸原始」的「反演化」過程。馬羅的敘述語氣以

叢林。很熱，很悶，氣氛陰沉、呆滯。燦爛的陽光沒有喜樂。一
大片水道空寂無物，延伸而下，沒入遠方灰暗不明的陰霾裡。許
多河馬與鱷魚在銀白的沙岸上並排曬著太陽。愈漸寬廣的河流穿
越一群草木茂密的小島；在那條河上就如同在沙漠一樣容易迷失
方向，整天碰見沙洲，試圖從中找出水路，到最後會以為自己是
不是中了蠱、永遠與世隔絕——曾在某處——很遠的地方——或
許是在前世所知悉的世界。有時會想起自己的過去，尤其是正忙
的時候；但過去已化為不安、喧囂的夢，在這個令人應接不暇、
充滿植物、水流、寂靜的奇異世界裡，想到就為之驚嘆。不過，
這種萬物俱靜的樣子一點也不像是平靜。而是如無情的力量暗自
思忖著深不可測的意圖時所顯露的寂靜[5]。這種寧靜看起來是要
報復你的樣子。我後來漸漸習慣了；我不再理會；根本沒空。我
必須時時刻刻推測水道所在；要辨識——往往靠突發奇想——暗
洲的跡象；也要提防水裡暗藏的岩石；我學會精明地咬緊牙關捱
過驚心動魄的時刻，特別是當我要僥倖刨掉可惡又狡猾的老沉
木，以免鐵皮船被它弄沉而淹死船上的朝聖者；我也要隨時留心
枯木，以便晚上砍好柴能讓隔日有蒸汽運轉。當你要為這些事操
心時，要處裡表面的事情時，現實——聽好，現實世界——就會
逐漸消失。而其包含的真相也隨之不見——幸好，謝天謝地[6]。

（續）————————————

　此段最貼近敘事者。

5　It was the stillness of an implacable force brooding over an inscrutable
　　intention：關於本句所示之「說不出」的困窘，詳見〈緒論〉。

6　The inner truth is hidden——luckily, luckily：從頭到尾，馬羅說故事的過
　　程顯露兩難——要如何道出「黑暗之心」的可怕並替它圓說，甚至掩
　　蓋真相。馬羅最後以說謊敷衍庫茲未婚妻，並將「真相」透露給奈麗

但我仍感覺得到真相的存在；常感到它神秘、靜靜地注視著我變
把戲，它同樣也在看你們每人輪流走鋼索，僅為——是什麼去
了？幾毛錢翻一個筋斗——」

「馬羅，別無禮，」有聲音咆哮道，我知道除了自己外，至
少還有個聽眾沒睡。

「請原諒。我忘記門票背後隱藏的心酸。其實如果把戲耍得
好，誰還在乎門票多少錢？各位的把戲變得好。我也不賴，首航
時我想辦法不把船弄沉。我到現在還覺得這是奇蹟。試想蒙眼的
人設法在崎嶇不平的路上開車。老實說，我冷汗直冒、嚇得發
抖。畢竟對水手來說，在他掌管下本應浮得好好的東西被刮破
底，是罪不可赦。其他人不會知道，只有你忘不了那心驚的感
覺——欸？正中心頭。你會記得、夢到，夜半驚醒時在腦中揮之
不去——多年以後——嚇到全身一陣冷、一陣熱。我不敢假裝說
蒸汽船都是浮著的。它得艱苦跋涉好幾次，全靠二十個食人族蹚
水推船。我們沿途招募這些傢伙組成船員。他們是好人——食人
族——安分守己。可以與其共事，我也心懷感激。畢竟他們沒有
在我眼前彼此殘食：他們備有河馬肉，後來壞掉了，荒野的神秘
因之變成我鼻腔裡的臭味。噗！我現在還聞得到。船上有經理和
三、四位帶長杖的朝聖者——全員到齊。我們有時經過岸邊的貿
易站，緊臨未知世界的邊疆，就會有白人趕忙從搖搖欲墜的茅屋
跑出來，手舞足蹈、又驚又喜地歡迎我們，他們看起來實在很
怪——像中魔咒的俘虜一樣。一下子到處響起象牙這個詞——然

（續）———————————————————
　　號船上的好友。「真相」實非一般人所能承受。

後我們則繼續深入寂靜，順著荒蕪的水路，繞過平靜的彎道，在高聳的樹牆間一路蜿蜒，船艉明輪的沉重響聲召來空虛的迴音。樹木、樹木、千百萬棵，魁梧，一望無際，直入雲霄；烏黑的小蒸汽船在它們腳下緊靠河岸蝸行著，好似遲鈍的甲蟲爬行於雄偉的門廊下。你會覺得非常渺小、很失落，可是這感覺一點也不會讓人意氣消沉。畢竟髒甲蟲雖小，仍舊繼續緩慢地爬行——正合你意。不知道朝聖者要讓它爬到哪裡。我想，一定是要到他們可獲得某物的地方。對我而言，它爬向庫茲——只為他；可是當蒸汽管漏氣時，我們爬得很慢。水路在我們眼前展開，又在身後闔上退路，似乎森林從容地走過河水，擋住歸路。我們越來越深入黑暗之心。那裡非常寂靜。晚上有時從樹牆那邊會響起陣陣鼓聲，一路從河上傳來，餘音繚繞，似乎迴盪在上方高處，直到天亮。沒人知道這聲響代表的是戰、是和，或是祈禱。冰冷的寂靜降臨，預告黎明的到來；砍柴人熟睡著，營火快燒盡；乾柴的劈啪聲讓人直打顫。我們遊蕩在史前世界，如同未知星球的世界。我們好似初創的人類[7]，獲得一筆受詛咒的遺產，以深切的痛苦與過勞換來對詛咒的抑制。然而當我們費力過彎時，透過濃密靜止的樹葉突然瞥見草製門牆、茅草尖屋，一陣呼喊、黑影騷動，數不清的手拍著、腳踩著、身軀扭動著、眼珠翻白。沿著黑色神秘的狂亂，蒸汽船吃力地行進。史前人是在咒罵我們、有所祈求、或是表露歡迎——誰知道？我們無法理解周遭；只能像遊魂般悄然經過，心懷疑惑，暗自驚恐，猶如身處瘋人院的正常人，

7　first of men：即原人。亦指如亞當般人的始祖。

遭逢熱情的暴動。我們無法理解這一切，只因離得太遠，無法記取，因我們航行於遠古世紀的暗夜，消逝的世紀，無蹤無跡——亦無回憶。

「自然萬物看似不自然。我們看慣被制伏的怪物戴枷鎖的樣子[8]，但在那邊——在那邊你會看到既可怕又自由的東西。看起來很怪，而那些人則——不能這樣說，他們不是沒有人性。唉，你知道，沒什麼比這更糟了——懷疑他們並非沒有人性。你會漸漸意識到這點。他們又叫又跳、轉圈打轉、扮可怕的表情；可是一想到他們的人性——跟你一樣——就會心感震撼，想到你與這狂野熱情的騷動有著疏遠的親屬關係[9]。醜陋。沒錯，蠻醜的；不過你如果有種的話，就會承認自己心中有那麼一絲迴響，回應那聲響駭人的坦率，你會隱約懷疑其中有所涵義，而你——離遠古暗夜如此遙遠的你——當會理解。怎能不會？人心有無限潛能——因其中包含萬物，所有的過去與未來。心裡到底有些什麼？歡喜、恐懼、悲傷、奉獻、勇氣、憤怒——誰知道？——不過，一定有真理——超越時光的真理。傻子儘管目瞪口呆、驚恐萬分——男子漢知道這點，穩若泰山面對這一切。至少他要跟岸上的人一樣有勇氣。他應以本身實實在在的特質來面對那真理——要用自己天生的力量。原則是沒用的。身外之物，衣服，好看的破布——拿起來抖一下就會散掉。這些都沒用；要的是慎

8　the shackled form of a conquered monster：指黑奴。
9　remote kinship：「黑暗深處」潛藏的真相之一，就是「光明」的現代文明與「黑暗」的野蠻同源。

思的信念[10]。這恐怖喧鬧聲吸引了我——是嗎？好吧；我是有聽到；我承認，但我心裡也有一種聲音，不管好歹，是不能被消音的話語[11]。當然，傻子——怕死、性情好——總是安穩的。誰有意見？你在想我有沒有跑上岸邊鬼叫跳舞一番？怎麼可能——我才沒有。你說這是性情好？去它什麼好性情！我很忙。我忙著用白鉛與毛布條把漏氣的管線亂補一通——聽清楚。我也要注意掌舵，繞過沉木，千方百計讓鐵皮船能繼續航行。這些瑣事的表面真理已多到足以解救比我更聰明的人。我還得不時照顧當司爐工的那個野人。他是改良品種[12]；可為直立鍋爐燒火。他就在我下面工作，老實講，看他就好像看到一隻狗在滑稽地模仿人穿馬褲、戴羽毛帽、兩腳站立，啟發人心。花了好幾個月來訓練那個好傢伙。他瞇眼看著氣壓計和水壓計，看就知道試著做出一副什麼都不怕的樣子——而他有一口銼平的牙齒，這可憐蟲，頭上短鬈髮還剃有奇怪的紋路，兩頰各有三道裝飾用的疤痕。他本應在岸上拍手跳舞，但他卻捨之不顧，在此勤奮工作，被奇異的巫術所奴役，並懂得許多具教育意義的知識[13]。他很好用，因為曾受過訓練；他所知如下——一旦那透明的東西裡的水不見了，鍋爐裡的惡靈就會渴到發怒，因而展開可怕的復仇。他於是就揮汗如雨地燒火，盯著玻璃看，極其恐懼（手臂綁著臨時準備的符

---

10 a deliberate belief：如同救贖帝國的信念。

11 mine is the speech that cannot be silenced：即文明的聲音。見〈緒論〉第五節。

12 an improved specimen：受現代西方文明教化過的「野人」。

13 improving knowledge：諷刺的是這些「知識」並非現代科技，而是怪力亂神的巫術。

咒，破布做的，還用一塊磨過的骨頭，如錶一樣大，平平地塞在下唇），而草木叢生的河岸慢慢被我們拋在後方，遠離急躁的喧鬧聲，永無止息的寂靜之路——我們繼續爬行，朝向庫茲。不過沉木很粗大，河水又詭譎多變，鍋爐裡也好像真的有惡鬼，我與那司爐工根本沒空想自己到底有多害怕。

「離內陸貿易站50哩處，我們看見一棟草屋，歪斜、可悲的旗桿掛條識別不清的破布，該是曾經旗正飄揚的某種旗幟。真是意料之外。我們上岸後，在木柴堆上發現一塊板子，有模糊的鉛筆字跡。解讀後內容為：『給你木頭。趕快。小心接近。』還有簽名，但看不清楚——不是庫茲——是較長的名字。趕快。去哪裡？到河上游？『小心接近。』我們不夠謹慎。可是這警告應該不是針對此處而立，因為要靠近後才能讀到警語。上游一定出了問題。不過到底是什麼事——有多嚴重？這是問題所在[14]。那種電報式的文體很蠢，大家都頗有怨言。周遭草叢一片沉默，擋住我們的視線。小屋玄關掛條紅色斜紋布簾，殘破不堪，悲涼地在我們面前飄動著。這間住所只剩下斷垣殘壁；但仍看得出最近曾有白人住過。留下一張粗糙的桌子——木板架在兩支木樁上；垃圾堆在陰暗的角落，我在門邊隨手撿起一本書。沒有封面，書頁被翻閱多次，變得又髒又軟；有人煞費苦心用白棉線把書底封皮重新縫好，看起來還蠻乾淨的。這個發現實在令人驚奇。書名為《航海技術探秘》，作者為陶爾，還是陶森——反正是陶某某——

---

14 That was the question：如哈姆雷特名言：「要生或要死，這是問題所在。」（"To be or not to be, that is the question."）

皇家海軍的船長。書的主題讀起來想必枯燥乏味，一大堆插圖與討厭的圖表，書已有60年的歷史了。我盡量以最輕柔的動作翻動這令人稱奇的古董，唯恐會在手中散開。在這本書裡，陶森，或陶哲爾，認真探討船鏈和索具的斷裂應力，還有其他相關問題。不十分引人入勝；可是隨手翻閱以後會發現書裡蘊含對目標專一的執著[15]，真心關切做事的正確方法，使這些不起眼的內容——古早以前構思的——流露出專業眼光與獨到卓見。憨厚的老水手討論著鏈索與滑車，讓我覺得遇上真實事物，心感愉悅，並忘卻了叢林與朝聖者。這本書在那兒出現就已夠神奇；不過更令人驚奇的是空白處居然有鉛筆寫下的筆記，顯然有關書本的內容。真不敢相信我所看到的！是用密碼寫的！沒錯，看起來像是密碼。試想有人帶著那種書來到這種鳥不生蛋的地方，潛心研讀——作筆記——還用密碼寫！真是誇張的謎。

　　「我意識到一陣持續不斷的惱人聲音，抬起頭來發現那堆木頭已被搬走了，朝聖者都在幫經理，而經理則從河那邊叫我的名字。我趕忙把書塞進口袋。告訴你們，放下書不讀就好比拆散我和我的摯友，剝奪友誼的呵護。

　　「我啟動不中用的引擎繼續往前航行。『寫警語的一定是這個可憐的商人——這個不速之客，』經理大聲說，不懷好意地向後望著我們離開的地方。『一定是英國人，』我說。『他如果不小心，照樣會惹禍上身，』經理邪惡地嘟噥著。我假裝一臉若無

15　a singleness of intention：此為馬羅所推崇的工作倫理之首要精義，強調「正確方法」，亦為救贖帝國的信念（"what redeems it is the idea only."）。

其事，心想在世上沒有人能永保平安。

「此時水流較強，蒸汽船似乎垂死掙扎著，船舷明輪無力地撲動，我發覺自己很緊張地豎直耳朵等待下個運轉的聲響，老實說，我預料這破東西隨時都可能拋錨。這好像在親眼目睹生命發出最後的殘光。可是我們仍緩慢向前爬行。我有時會拿前方不遠的樹木充當標記，推算與庫茲的距離又近了多少，可是往往還未抵達標記之前，又找不到那棵樹。人的耐心有限，沒有人能永遠盯著一個東西不放。經理顯露出一副完美的聽天由命狀。我則心煩意亂，拿不定主意是否該與庫茲坦誠，告訴他一切；可是我心裡還沒有結果之前突然想到，發言或沉默──不管我做什麼──根本都會徒勞無功。知道了什麼，忽視了什麼，又有什麼用？有時會有所頓悟。這件事表面下大有文章，我無法體會，更無法干預[16]。

「第二天傍晚我們估計離庫茲的貿易站還有八哩。我想繼續趕路；可是經理神色凝重地告訴我說，那頭的航程十分危險，況且太陽已快下山，建議在此等候一晚再出發。他還指出，如果遵照警語要小心接近的話，就一定要在白天行動──不要在黃昏或晚上。有道理沒錯。對我們而言，八哩路相當於三小時的航程，而我看見上游激起可疑的水波[17]。話雖如此，這個耽擱讓我十分懊惱，其實我也是無理取鬧，因為既然已經等了好幾個月了，再等一晚又算什麼。我們不缺柴火，以小心為上策，我於是

---

16 馬羅知道有人要對庫茲不利，但為求自保，未能拔刀相助。後來馬羅捍衛庫茲名聲，算是彌補自己先前的懦弱。

17 河馬、鱷魚之類動物活動的跡象。

就在河中央泊船。河道又窄又直，兩旁高聳，很像鐵道的路塹。
太陽還沒下山薄暮就已籠罩河上。水流滾滾，河岸卻一片死沉。
大樹活生生被藤蔓和雜草纏繞住，好像變成石頭，甚至像是細枝
輕葉。周遭不是沉睡的氣氛——很怪異，猶如受催眠而恍惚的樣
子。一點聲音都聽不到。你會驚奇地環顧四周，甚至懷疑自己是
否耳聾了——此時夜幕突然降臨，讓你失明。凌晨三點一條大魚
跳出水面，震耳欲聾的水花聲猶如槍響，嚇我一跳。次日太陽升
起時四面白霧，暖而溼，比夜晚更令人盲目。濃霧停滯不動；如
堅固的實體環伺著你，就在眼前。大概到八、九點時，霧就像升
起的百葉窗一樣散去。我們得以窺見數不清的雄偉大樹和盤根錯
節、無盡的叢林，上頭還高掛著熾熱的太陽火球——一片寂靜——
隨後白色百葉窗似乎順著油滑的溝槽又輕聲闔上。錨鍊原本要升
起，我下令再次下錨。船錨還沒傳來穩住的悶響，昏暗的四周就
響起一聲長嚎，震耳欲聾，似乎極其悲絕。喊叫聲馬上就停止
了。頓時我們聽見一陣充滿怨氣的喧囂聲，以刺耳的野蠻音韻吟
誦著。事出突然，令我毛骨悚然。不知道其他人怎麼想：對我而
言，就好像是白霧本身在尖叫一樣，淒涼的喧囂聲冷不防地同時
從四面八方響起。在一陣急促、令人受不了的狂叫中達到高峰，
隨後戛然收場，讓我們僵在各種可笑的姿勢傾聽同樣可怕且深刻
的寂靜。『老天！這到底是什麼意思——』躲在我身旁的朝聖者結
巴地說，他是個矮胖子，棕髮紅鬍，穿著鬆緊靴[18]，粉紅睡褲塞在
襪子裡。另外還有兩個人整整一分鐘嚇到嘴巴都閉不起來，然後

18　side-spring boots：有鬆緊帶的靴子，方便穿脫。

才衝進小艙房拿步槍[19]又衝出來，都快站不住腳，還驚恐地東張西望，開『保險』準備射擊。我們眼前只見自己所乘的蒸汽船，船身輪廓模糊不清，好像連船都快消失不見，船身周圍只見兩呎寬的朦朧水紋──其他什麼也看不到。就我們的眼耳所及，周遭世界一片茫茫。混沌不清。消失，不見了；無聲無影地悄然退去。

「我快步上前並下令將船鍊絞起，一旦萬一便可迅速升錨啓航。『他們會發動攻擊嗎？』有人膽寒地低聲問道。『在這種濃霧裡，我們一定都會被殺個精光，』又有人喃喃自語地說。大夥緊張到臉都抽搐，雙手發抖，不敢眨眼。船員裡白人與黑人的神情形成強烈對比，這幅畫面實在有意思；其實黑人船員也跟我們一樣，對這段流域同感陌生，雖說他們的家鄉離此才800哩路。白人心慌意亂之餘，還露出一種奇特的驚嚇表情，凶暴的喧囂深深撼動人心。黑人們則一副提高警覺、心生好奇的樣子；可是他們沒什麼其他特別的表情，連齜牙咧嘴地在絞船鍊的黑鬼也不例外。那幾個人只互相咕噥幾句話，似乎就已了解狀況，心安下來。他們的領班站在我旁邊，他是個年輕魁梧的黑人，很樸實地裹著深藍色繡有邊飾的衣服，鼻孔令人望而生畏，頭髮巧妙地結成一撮撮平順的小髮圈。『丫哈！』我說，看在夥伴關係的份上。『抓一個過來，』他厲聲說，布滿血絲的眼睛瞪得大大地，露出一口利齒──『抓一個過來。交給我們。』『給你們，哦？』我問；『要怎麼處置他們？』『吃掉！』他直接了當地答，俯身靠在欄杆上朝濃霧深處望去，一臉莊重、若有所思狀。

---

19 Winchester：美製步槍名。19世紀末頗受歡迎，號稱「征服西部之槍」。

要不是我知道他和他的夥伴一定很餓，我絕對會被嚇死：這個月來他們一定每天越來越餓。他們已受雇六個月（我想他們之中沒人了解時間的觀念，跟活在現代的我們不同。他們仍屬遠古之初——沒有傳承的經驗來教導自己），想當然，只要有一紙文書符合下游所訂的笨法律，根本沒人會管他們要怎麼過活。他們是有帶些爛掉的河馬肉，但是就算朝聖者沒一起鼓譟把大部分的肉丟下船，這些肉也放不久。這麼做看來很霸道；實際上卻是名正言順的自保之道。誰有辦法一邊聞著死河馬而一邊走著、睡著、吃著，又繼續想過著岌岌可危的生活。朝聖者每週還給他們三條九吋長的銅線；道理很簡單，他們可拿這些貨幣到岸邊村莊買東西吃。**這個**法子真有效。要不是沿岸根本沒有村莊，就是遇到不友善的村民，經理不曉得出於什麼歪理，就是不願停船，只准我們靠罐頭維生，或是偶爾吃點從岸上丟來的羊肉。因此，除非要他們把銅線吞下，或把銅線捲成圈子抓魚，我實在想不出這筆可觀的薪餉對他們來說還有什麼用途。我承認這筆薪資定期發放，正派的大貿易行本應如此。他們身邊可以吃的其他東西——雖然看起來根本不能吃——只有幾塊半生不熟的髒紫色麵糰，包在葉子裡，偶爾就吞一小塊，不過實在太小塊了，根本不夠吃，只能裝裝樣子。他們飽受飢餓的煎熬，但為什麼不吃我們——30個對5個——飽餐一頓，現在想來還是想不透。他們人高馬大，沒頭腦，做事不顧後果，但仍有勇氣、有力量，雖說各個面黃肌瘦。我想其中最主要的原因，就是自我克制[20]——令人無法置信的人

---

20 馬羅後來發覺庫茲所欠缺的正是自我克制（restraint）。

性秘密。這樣想，我忽然對他們大感興趣——不是因為我突然想
到自己快被吃掉，雖說我那時真以為下場會是這樣——似乎以一
種全新的角度——這些朝聖者看起來吃下去對健康無益，而我由
衷希望，沒錯，真心期望我看起來不會那麼——要怎麼說？——
那麼——不好吃：一股虛榮心，很合乎那時我整天浸淫的夢幻感
覺。我可能也發燒了。沒人能永遠頭腦清楚地過活。我常『發點
小燒』，或被其他有的沒有的干擾——俏皮地跟你玩捉迷藏的原
野，排山倒海的正事出現前的浪費時間。沒錯，我看待他們就像
看待其他人一樣，好奇地想知道一旦面臨不可抗拒的生理需求，
心裡有哪些念頭、動機、能耐、弱點。自我克制！是怎麼來的克
制？是因為迷信、噁心、耐性、恐懼——還是野蠻人質樸的榮譽
感作祟[21]？餓了什麼都不怕，再有耐性也熬不過飢餓，飢腸轆轆
時再噁心的都吃得下；至於迷信、信仰、所謂原則等等，根本微
不足道。有誰知道飢餓殘喘的可怕，它惱人的折磨、邪惡的念
頭，還有那陰鬱、虎視眈眈的凶惡[22]？告訴你，我十分清楚。你
得完全發揮與生俱來的力量，才能徹底壓抑飢餓。與其面對這種
揮之不去的飢餓感，倒不如去面對喪親之痛、恥辱、死後的惡
報。很悲哀，但事實就是如此。這些傢伙跟我們一樣，在這個世
界上不會有所顧忌。自我克制！我寧願奢望鬣狗在戰場死屍堆中
覓食時能顯露克制力。不過，事實擺在眼前——炫目的事實，不
看也不行，如同深海的浪花，深不可測的謎所激起的漣漪，這件

21　馬羅首次發覺「野人」之「文明面」。
22　與〈黑暗之心〉同期的作品〈憶福克〉("Falk: A Reminiscence",
　　1901)敘述因船難而以食人(cannibalism)求生的故事。

事的謎——我才知道——更甚於響遍河岸白霧的野蠻喧囂那獨特、令人不解的哀鳴。

「兩位朝聖者低聲慌忙地爭吵著，想搞清楚到底喧囂聲是從哪來。『左岸。』『不對，不對；你怎麼想的？右岸，右岸，一定是這樣。』『情勢很危急，』經理在我身後說；『如果庫茲先生在我們出現前有什麼三長兩短，我一定會很傷心。』我看著他，覺得他是講真的。他是屬於裝樣子的那種人。這就是他所謂的克制。可是當他低喃說要馬上啟航，我才懶得理他。根本就不可行，我們心知肚明。一旦起錨，我們定會如陷五里霧，不知如何是好——就像在太空一樣。會分辨不清航行的方向——往上游或下游，還是橫越河流——直到我們找到可以靠岸的地方——就算這樣，也沒人知道是哪邊的河岸。我當然沒照辦。我才不想自尋死路。要沉船也不要沉在這種險惡的地方。不管有沒有馬上淹死，很快就會死於非命。『我授權給你，可冒險採取行動，』一陣沉默之後，他先開口說。『我拒絕冒險，』我簡短地答；他也知道我會這麼說，只不過我的口氣似乎出乎他的意料。『這樣的話，還是聽你的。你才是船長，』他客氣地說，裝模作樣。我轉身朝濃霧望去，表現心領的樣子。霧還要多久才會散去？前景實屬絕路。我們一路走來步步險阻，要去找這個翻遍爛草叢找象牙的庫茲，好像他是傳說城堡裡的睡美人一樣[23]。『你覺得他們會不會打過來？』經理悄悄問我。

23　an enchanted princess sleeping in a fabulous castle：馬羅以「公主」比喻未曾謀面的庫茲，顯示他對庫茲有著無限的遐想，有點曖昧。

「我想他們不會發動攻擊,理由很簡單。首先,霧很濃。他們如果乘獨木舟離開河岸,就會在霧裡迷失方向,會跟我們啓航的下場一樣。雖然河岸兩旁叢林深不可測——仍有許多眼線,會有人看到我們。岸邊樹叢想必茂盛;但後方卻四通八達。然而短暫的喧鬧中四周不見獨木舟——也沒出現在我們船旁。其實讓我覺得他們不會攻擊的主要理由是喧囂聲的性質——我們所聽見的喊叫聲。一點也不凶惡,不像是要採取具敵意的行動。聲音雖令人意外,狂野、激動,但卻不得不讓我想到悲傷。不知怎麼,蒸汽船的出現令這些野人悲從中來,不可壓抑。如果我們果眞面臨險境,我想危險應來自於我們離宣洩中的悲情太近了。悲慟至極,最終會以暴力發洩——不過,通常都會以無動於衷來收場……

「很可惜你們沒看到朝聖者張口結舌的樣子!他們根本笑不出來,也無力罵我;但我想他們認爲我發瘋了——以爲是嚇瘋了。我如常地對他們訓話。各位朋友,我不會生氣的。要守望嗎?沒錯,想也知道,我像貓捉老鼠般屛息以待濃霧消退的徵兆;此外,我們的眼睛根本派不上用場,好像被埋在幾哩深的棉花堆裡一樣。正是這種感覺——窒息、溫熱、悶得透不過氣。我說的雖然有點誇張,到頭來還十分正確。我們事後所謂的攻擊其實是一種驅逐。一點也不是侵略的行爲——也不是一般的自我防衛:這樣做乃肇因於絕望所致的壓力,實質上有自保的作用。

「這件事的起始我想是霧散去兩小時後,發生地離庫茲基地大概一哩半。我們跟蹌過彎後就看見河中有座小島,綠油油的草丘。除此之外其他什麼也沒看到;不過,當我們繼續接近前方河

道時，我才看到原來這座小島其實是狹長沙洲的一角，屬於一連
串在河中延伸的淺灘之一。它們被水沖刷到退色了，剛好在水面
下依稀可辨，就像看到人的脊椎骨在皮膚下劃過背部中間。就我
所見，船駛向沙洲的右邊或左邊都行。當然，兩條水道我都很陌
生。河岸看起來都一樣，水道深度也似乎相仿；可是有人說庫茲
的貿易站在西邊，我自然把船駛向西側水道。

「駛入沒多久，我就發覺水道比原先預估還來得窄。我們左
邊有綿延不絕的淺灘，右邊則是高聳陡峭的河岸，草木叢生。上
面擠滿一排排的樹木。茂密的樹枝低懸於河上，沿途零星有突出
的粗大樹幹橫跨河面。那時已是下午，樹林陰鬱，大片陰影已覆
蓋河上。我們就在陰影裡溯河──慢慢地，可想而知。我盡量沿
河岸航行──由測水杖[24]得知，岸邊的水最深。

「我下方有一個強忍飢餓的朋友在船首探測水深。這艘蒸汽
船就像鋪有甲板的平底船。甲板上有兩個柚木小屋，門窗一應俱
全。鍋爐在船前端，機械裝置設在船尾。輕便的頂棚架在甲板柱
子上。煙囪從頂棚突出，前面有薄板搭的駕駛艙。裡面有沙發、
折凳、靠在牆角的上膛步槍[25]、小茶几、舵輪。艙前開有大門，
兩旁則有寬窗。通常門窗都是開著的。白天我都爬到前面的頂棚
上坐著，就在艙門前。晚上則挑張沙發睡──或設法睡著。舵手
是個健壯的黑人，來自沿海部落，前任船長訓練的。他戴著銅耳
環炫耀，從腰到腳踝都裹著藍布，一副自以為是的樣子。從沒遇

24　sounding-pole：舊時船用測量水深的工具。
25　Martini-Henry：19世紀末英國制式步槍名。1871年服役，號稱「帝國
　　的武器」。

過這麼不可靠的傻蛋。你在旁邊的時候，他就神氣活現地掌舵；你一不在，他就滿臉畏懦可憐，連這艘破船都控制不了。

「我低頭看著測水杖，見到要用點力才能把竿子從河裡拔起，真有點火大，這時我突然看到測量員撒手不幹，趴在甲板上，居然連竿子都不收回。可是他仍緊抓著竿子不放，就這樣拖在水裡。我同時也見到下方的司爐工在鍋爐前猛然低身找掩護。我覺得很奇怪。因為航道上有沉木，我不得不飛快地往河望去。小木條，又細又長，從四周飛來——滿滿一片：從我鼻尖呼嘯而過、落在腳邊、射到後方的駕駛艙。這段期間不論是河流、沿岸、或是樹林，都非常安靜——完全寂靜無聲。我只聽見船艉明輪沉重的打水聲，以及這些東西急促的咻咻聲。我們笨手笨腳地把沉木移走。好多箭，天啊！有人拿箭射我們！我趕快跑進駕駛艙想把靠河岸那邊的百葉窗關上。那個傻舵手緊握著舵把，咬牙跳腳，就像被韁繩套住的野馬。我們搖搖擺擺地航行，離河岸不到十呎。我探身窗外搖下厚重的百葉窗時，竟看到草叢裡有張臉，與我等高，凶狠地凝視著我；這時好像眼前的面紗被拉起般，我突然看清楚了，原來盤根交錯的陰暗處有數不清的裸露胸膛、臂膀、腳、閃閃發光的眼睛——草叢裡擠滿游走的肢體，汗珠晶瑩，青銅色。枝葉抖動、搖晃、窸窣作響，箭從中而出，百葉窗終於適時放下。『向前直行，』我告訴舵手。他脖子僵硬，臉朝前方；不過他居然翻白眼、坐立難安，甚至還口吐白沫。『不要亂動！』我生氣地罵道。這命令當然是白費力氣，就像無法禁止樹在風中搖動一樣。我衝出駕駛艙。下方甲板充滿混亂的腳步聲；驚慌失措的叫聲；我聽到有人喊道：『可以掉頭嗎？』

我看見前方河面激起V型水波。怎麼會這樣？又是沉木！下面響起連串槍聲。朝聖者終於開火射擊，但僅朝樹叢方向胡亂掃射。一團煙霧飄上來，再慢慢往前飄去。我又罵了一聲。這樣就看不見河面波紋或沉木了。我躲在駕駛艙門後偷偷瞄著，箭蜂擁而來。搞不好都是毒箭，不過看起來不具殺傷力。樹叢陸續響起呼嚎聲。船上伐木工也發出戰士參戰的喊叫聲；身後一陣震耳欲聾的槍響。我朝後方望去，趕到舵輪旁邊時，駕駛艙裡仍吵吵鬧鬧，煙霧瀰漫。那個傻黑鬼居然放下工作，拉起窗簾，拿起牆角步槍射擊。他站在窗口毫無掩蔽，眼中充滿殺氣，我一面大聲叫他趕快下來，一面設法把要急彎的船導正。就算要急轉彎也沒足夠的空間，因爲沉木非常近，就在前面那片該死的煙霧裡，此事不容遲疑，我於是把船急駛向岸邊——朝河岸直直開去，到水最深的地方。

「冒著一窩蜂飛來的斷枝殘葉，我們匆忙但謹慎地沿著河岸草叢航行。下方槍聲不再，我早料到他們沒子彈就不打了。我轉頭聽到駕駛艙裡有嘶呼聲，從百葉窗縫傳出。我看到那個瘋舵手拿著沒子彈的步槍朝河岸又叫又跳，隨後岸上隱約可見許多人影前翻後跳，若隱若現，瞬間消失不見。一個很大的東西忽然飛到窗前，舵手的步槍掉到船外，他很快向後退了幾步，以一種不尋常、深刻、卻又很熟悉的樣子轉頭看我，然後就倒在我腳邊。他的頭朝舵輪撞了兩次，類似長杖的東西發出清脆的響聲打翻椅子。看起來就好像他與岸上的人在搶東西，搶到都站不穩。槍枝射擊的煙霧已散去，我們閃過了沉木，我觀察前方，大約再過100呎就能改變航道遠離岸邊；然而我的腳感到一陣涇熱，不由

得低頭看去。舵手向後倒地不起，瞪眼看我；雙手緊握長杖。原來那是長矛的矛桿，不曉得是從窗外用扔的還是用戳的，剛好從旁邊刺中他的肋骨下方；劃了那麼一大道恐怖的傷口，已看不見裡面的矛頭；我鞋子裡滿滿都是血；地上一灘鮮血靜止不動，暗紅色，在舵輪下閃閃發光；他的雙眼發出不可思議的光輝。又一陣槍響。他焦急地瞪著我，雙手緊抓著長矛不放，好像握著寶物般，深怕會被奪走。我費把勁才躲開他逼視的眼神，好好開船。我伸手找到上方的汽笛索，急忙拉幾下尖銳的汽笛。憤怒挑釁的騷動突然就被抑制下來，沒多久從叢林深處傳來顫抖的哀號，傳達淒涼的恐懼感與徹底的絕望，似乎正目睹人間最後一線希望的消逝。樹叢裡頻頻騷動；箭雨終於停止，零星幾支箭呼嘯而落──隨後四周頓時安靜下來，只聽見船舷明輪懶洋洋的運轉聲。我打右滿舵，這時那個穿粉色睡衣的朝聖者氣急敗壞地探頭進來。『經理派我來──』他官腔打一半突然說不下去。『老天啊！』他張大眼睛看著傷者說。

「我們兩個白人站著俯視舵手，就這樣被他那明亮、有所請求的目光所籠罩。坦白講，看那眼神還以為他正要用我們聽得懂的話提出問題；可是他未發一語就死去了，肢體動都沒動，連肌肉都沒抽動一下。話說回來，在死前最後一刻，他深皺眉頭，似乎在回應我們看不見的徵兆、聽不到的低語，而他黑色的死亡面貌就因這副眉頭深鎖的模樣有股說不出的陰沉，虎視眈眈[26]。明

26　brooding, and menacing expression：與故事開頭及結尾時的陰靈氣氛相仿。

亮、有所請求的目光很快就黯淡下來，變成茫然呆滯的眼神。
『會不會掌舵？』我急切詢問身旁的職員。他看起來毫無把握；
但我緊抓他的手臂，他馬上就明白不管會不會，我就是要他掌
舵。老實說，我心裡毛毛的，迫不及待想把鞋襪換掉。『他死
了，』那傢伙低聲說，被懾住的樣子。『我想也是，』我說，拚
命在扯鞋帶。『還有，我想庫茲先生這個時候也已經死掉了
吧。』

「暫時這是最主要的想法。我感到非常失望，好像發現自己
在追尋空虛的東西。如果一路走來只爲了要跟庫茲講話，我必定
會很氣。講話……我把一隻鞋子丟下船，意識到這正是我所盼望
的──跟庫茲講話。說來也怪，我發覺我從不曾料想他在做事，
而是在說話[27]。我不會告訴自己說：『這樣我就別想見到他
了，』或『這樣我就沒機會跟他握手，』而是說：『這麼一來我
就聽不到他說話了。』他以聲音呈現自己。我當然有把他跟一些
作爲聯想在一起。不是有許多人用又忌妒、又崇拜的口吻告訴過
我，他搜集、交換、詐騙、或偷竊到的象牙遠勝過所有貿易商的
總和嗎？這不是重點。重要的是他稟賦非凡，而其中最傑出、使
他氣質不凡者，就是說話的才能，他講的話──表達的才華、蠱
惑人心、啓迪人心，既是最崇高的也是最輕蔑的，光明的脈動、
抑或從不可探知的黑暗之心所傳出的欺瞞之語。

「另一隻鞋子朝河怪[28]落下。我心想，天啊！完了。我們晚

---

27 I had never imagined him as doing, you know, but as discoursing：蠱惑人
   心的話語令人著魔，勝於一切。馬羅顯現「偶像崇拜」的徵兆。

28 the devil-god of that river：指船舶明輪。驅動蒸汽船的明輪隆隆作響，

一步；他消失了——才子消失了，死於長矛、弓箭、或是亂棍。
到最後我還是無法聽到那傢伙說話——我的感傷夾雜著驚人的誇
張情緒，樹叢野人的哀鳴聲中也聽得出同樣的情感。不知怎麼，
就算失去信仰或錯失良機也不會讓我深深體會到這種孤伶的憂
傷……是誰這麼可惡在那邊嘆氣？很荒唐？沒錯，是很荒唐。我
的天！難道不能——喂，拿點煙草來。」……

　　馬羅打住不說，四周一片死寂，火柴點著火，馬羅瘦長的臉
龐浮現出來，飽經風霜，雙頰凹陷，皺紋下垂，瞇眼，一副專注
的樣子；他猛抽幾口煙斗，微弱的火苗規律地閃爍，他的臉孔在
暗夜裡若隱若現。火柴熄滅。

　　「荒唐！」他大聲說。「這樣說是最差勁的。……你們這些
人，每人身繫兩個體面的地址，就像有兩個錨的船，街角一邊有
屠夫，一邊有警察，胃口好得很，氣溫宜人——知道嗎——一年
到頭氣溫正常。居然有人說荒唐！荒唐——去他的！荒唐！各位
小老弟，有人緊張得要死，緊張到把新鞋子丟下船，你們還奢望
什麼[29]？回頭想來，沒哭出來就已經很神了。大體上我對本身的
堅強感到很自豪。想到錯失了傾聽天才庫茲的寶貴殊榮，我就心
痛。當然，我想錯了。殊榮仍在。喔，沒錯，我聽都聽膩了。我
的想法也蠻對的。聲音。他只不過是個聲音。我聽到了——
他——它——這聲音——其他的聲音——所有都只不過是聲音
而已——那段期間的回憶徘徊不去，無形難懂，猶如一大串莫名

（續）

　　猶如鬼神，令「土人」敬畏。
　29 丹特版原作驚嘆號「！」；海曼版修訂為問號「？」。

含糊的話語所留下消失中的共鳴，愚蠢、駭人、下流、野蠻，或僅是卑鄙，沒什麼大意。好多聲音，各種聲音——連那位女孩本身——現在——」

他沉默了好一段時間。

「最後我只好用謊言驅除他那擺脫不掉的天賦，」他忽然開口說。「女孩！什麼？我有提到女孩？喔，她蒙在鼓裡——完完全全。他們——我指的是女人——都不知情—應該蒙在鼓裡。我們一定要設法讓她們待在她們自己的美好世界裡，以免我們的世界變得更糟[30]。喔，她一定要蒙在鼓裡。你該聽聽好不容易才被找到的庫茲先生是怎麼說『我的未婚妻』[31]。你就會馬上看出她真是完全蒙在鼓裡。還會看到庫茲先生寬高的額骨！據說頭髮有時會繼續長下去[32]，不過這個——嗯——品種的頭很禿，令人印象深刻。荒野輕撫他的頭，看清楚，他的頭就像球一樣——象牙球；它撫抱他，而——你瞧！——他凋零了；它接納他、愛他、擁抱他、滲入他心裡、吞噬他的軀體，還藉無法想像的魔鬼入會儀式將他的靈魂永遠囚禁起來。他是受它溺愛、驕縱的寵兒。象牙？正是象牙。一大堆，堆滿地。塞滿破舊的泥棚屋。你還以為那邊上天或下海再也找不出象牙了。『大部分都是化石，』經理輕蔑地說。其實，那些東西跟我一樣都不是化石；

---

30 We must help them to stay in that beautiful world of their own, lest ours gets worse：這是馬羅「有名」的沙文主義宣言，飽受女性主義學家批評。詳見〈緒論〉第六節的討論。

31 "My Intended".

32 即死後頭髮繼續生長。退化的庫茲如行屍走肉。

只因它們是從土裡挖出來的，就被視爲化石。看來那些黑鬼有時
眞的會把象牙埋起來——但埋得還不夠深，無法挽救天才庫茲的
命運。我們把蒸汽船裝滿象牙，甲板堆得滿滿的。如此一來，他
看在眼裡，樂在心裡，因爲他始終很欣賞自己幫的這個忙，直到
最後一刻。你應該聽他說，『我的象牙。』喔，沒錯，我聽到
了。『我的未婚妻，我的象牙，我的貿易站，我的河流，我
的——』所有東西都是他的。聽他這麼說，我屛息以待，看荒
野會不會發出震耳欲聾的笑聲，笑到天都塌下來。一切都屬於
他——但這事小。重要的是要知道他屬於誰，有多少黑暗勢力想
把他納爲己有[33]。一想到這點就令人毛骨悚然。要設法想出所以
然，根本就不可能——也對自己有害無益。他在大地的惡魔裡已
占有一席之地——絕不誇張。你們無法了解的。怎麼可能？——
你們腳下踩著結實的人行道，周圍盡是好鄰居爲你打氣、與你熱
情相遇，你們小心翼翼走於屠夫與警察之間，活在醜聞、絞刑
台、精神病院的恐懼感中——你們怎能想像得出在孤寂之中——
沒有警察的孤寂——寂靜之中——極其寂靜，沒有好鄰居悄悄道
出民意的警告聲，遠古年代的逍遙人會上哪兒去？這些生活的細
節不可或缺。一旦沒有這些東西，你只好倚賴自己天生的能力，
倚靠自我把持忠誠的能力[34]。你們當然可能都是傻子，笨到都不
會犯錯——蠢到都不知道自己正受到黑暗勢力的侵犯。我想也
是，從來沒有傻子會跟魔鬼就他的靈魂討價還價：傻子就是傻

---

33 評判庫茲的「黑暗之心」爲馬羅說故事的本意。
34 capacity for faithfulness：對「文明」的忠誠。

子，或者說，魔鬼就是魔鬼——不曉得哪種說法才對。不然你們
可能是高貴異常的人物，除美景聖樂外，其他什麼都視而不見，
聽而不聞。如果是這樣的話，對你們而言，這世界僅是棲身之
處——這樣是得是失，我不敢妄下斷言。但對我們船上的人來
說，我們都不是屬於這兩類的人。我們覺得這世界就是生活的地
方，要忍受各種場面、各種聲響，以及各種味道，天啊！——所
謂一邊嗅著死河馬的氣味，一邊還要提防腐屍污染。這時，你們
看出來了嗎？你就會發揮毅力，堅信自己有能力挖個不起眼的
小坑把東西埋起來——有力做出奉獻，不為自己，而是為了微
不足道的苦差事。要做到這樣談何容易。要知道我不是在辯解或
說明——我是設法對自己解釋——解釋——庫茲先生——庫茲先
生的幻影。這個新入會的幽魂從無名蠻荒的深處冒出，讓我有這
個榮幸獲得信任後才消失無影無蹤。原因很簡單，因為它能跟我
用英語交談[35]。原來的庫茲[36]在英格蘭完成部分教育，所以——
如他親口說——他選對支持的一邊。他的母親具有一半的英國血
統，父親則是一半的法國人。整個歐洲造就了庫茲的誕生[37]；我

35　剛果地區通行法語，馬羅顯然以法語與當地人溝通。關於〈黑暗之
　　心〉的多重語言糾葛，見John Sutherland, *Where was Rebecca Shot?:*
　　Puzzles, Curiosities, and Conundrums in Modern Fiction (London:
　　Weidenfeld & Nicolson, 1998), 8-13.

36　the original Kurtz：指尚未「發瘋」、投效「黑暗」勢力前的庫茲。

37　his sympathies were in the right place...All Europe contributed to the
　　making of Kurtz：如同時期的新帝國主義者，馬羅認為「英式」帝國主
　　義有助於文明，維持世界公義；歐式(法、比)帝國主義僅為蠻橫的侵
　　略(如故事開始馬羅所敘之法國戰船一段所示)。庫茲掠奪大地的「黑
　　暗之心」正突顯其「法國」面的腐化。馬羅訴說「黑暗大地」的經歷

很快就得知，國際抑止蠻風協會[38]很適切地委託庫茲撰寫報告以作爲日後的指導原則。他如期完成了這份報告。我親眼看到。也讀過。寫得頗具說服力，充滿雄辯，不過我想寫得太過激動。他居然有時間寫下17頁嚴謹的論文！但這應該是早在他——這樣說吧——神經出毛病前的事，這毛病讓他主持某種夜半的舞蹈典禮，收場儀式令人難以啓齒——如我斷斷續續勉強得知——這些儀式是獻給他的——聽清楚沒？——特地爲庫茲先生本人而舉辦[39]。話說回來，那篇文章寫得眞是棒。然而，鑒於我後來才了解的消息，文章的開頭現在看起來讓人有不祥之感[40]。他首先就提出論點指出，從已開發的階段來看，我們白人『必定要以超自然形體之姿在他們[野蠻人]面前呈現出自己——接觸他們的時候，我們要發揮如神明所具的威力』，等等，等等。『如此一來，我們僅需運用心意，便可永久行使力量，無窮無盡』，等等，等等。從這個論點他繼續飛騰昂揚地講下去，把我帶著走。結尾眞是精彩，不過很難記住。就像令人敬畏的仁君[41]麾下浩瀚

(續)————————————

就是要讓聽衆分辨到底這兩種帝國主義哪方較爲「正確」。

38 19世紀歐洲列強常透過類似的社團進駐非洲，假「文明」之名行瓜分之實。

39 unspeakable rites...offered up to him：馬羅並未交代清楚。可確定的是這些儀式爲庫茲「退化」(degenerate)的例證，並觸及當時最不可告人的禁忌(食人、生人活祭、雜交)，才會令馬羅封口。

40 in the light of later information...strikes me now as ominous：馬羅回顧庫茲的同時，亦以「當代」觀點重新審視「過去」的價値觀。其中主要的變遷就是新帝國主義征服之手段講求「公理正義」，迥異於庫茲所屬講蠻力之「舊」時代。

41 august Benevolence：「行善」乃帝國主義最主要之訴求。

無盡的異域。讀起來讓我熱情澎湃。這就是雄辯的無限力量——言語的力量——熱切高貴的言語。毫無跡象顯示有什麼會打斷神奇流暢的語句，除非最後一頁下方的註腳——顯然是文章完成很久後才以顫抖的手草草寫上去的——可視作一種方法的闡述。內容很簡潔，深切地訴諸於全然無私的情感，末尾有一行醒目文字，寫得清清楚楚、望之生畏，猶如晴天霹靂：『把野蠻人通通幹掉！』[42] 令人玩味的是，他顯然記不得這句寶貴的附言，因為當他後來頭腦清醒過來時，他竟一再拜託我要好好處理『我的小冊子』（如他所說），還以為它將來必定有助於他的志業。這些事情他都向我交代得很清楚，而且到最後我還得照管他的記憶。我已做得夠多了，如果要的話，我甚至有不容置疑的權利可把他的記憶埋入進步的垃圾堆裡永息，夾雜在所有的文明廢物與——打比方說——如死貓般的文明廢人堆裡。可是你們也知道，我沒有選擇的餘地。沒有人會忘掉他。不管他是什麼，他絕非普普通通。他有魔力蠱惑或威嚇原人為他舉辦狂野的巫舞以示敬意；他也能讓朝聖者的小人心備感憂慮：至少他還有一位忠實盟友，他已征服了世上一個既不簡單、又不自私的人心。沒錯；我無法忘記他，雖然我不敢肯定他果真值這幾條為了找他而折損的人命。我實在很懷念我那死去的舵手——雖然他的遺體仍躺在駕駛艙，我已開始想念他了。你們或許會覺得很奇怪，我居然會對野人感

---

42 Exterminate all the brutes：庫茲對「文明野性」的表露不僅總結瓜分非洲的慘狀，也預告了二次世界大戰德國屠殺猶太人的殘暴。見Sven Lindqvist 所著之 *Exterminate All the Brutes*（New York: New Press, 1996）.

到惋惜，他跟黑暗撒哈拉裡的沙粒一樣微不足道。哎，你們知道嗎，他有所貢獻，他掌舵；這幾個月以來，他就在我身後——幫手——工具。一種類似夥伴的關係。他為我掌舵——而我要照顧他，我擔心他有所不足，如此一來，我們之間已建立起微妙的關聯，直到這種關聯突然被打斷，我才意識到。他受傷後看我的那種既親密又深邃的眼神，至今仍在我腦海裡揮之不去——好像在要求遠親關係，直到最後關頭才被認定[43]。

「傻得可憐！他要是能不要去管百葉窗就好了。他毫無節制，毫無節制[44]——就像庫茲一樣——風中搖曳的樹。我換上一雙乾淨的拖鞋後就趕快把他拖出去，我先把長矛從他側身拔出，老實說，我還是閉緊眼睛完成這檔事的。他的腳跟躍過門階；我的胸膛靠緊他的肩膀；我拚命從背後抱住他。喔！他實在很重，很重；我想，他是全世界最重的人。隨後我就很乾脆把他推下船。他像一把草般馬上被水捲走，屍體打兩滾後便消失無蹤了。朝聖者及經理都聚集在駕駛艙旁棚子下的甲板，像是一群興奮的喜鵲嘰嘰喳喳，震驚地彼此竊竊私語我那無情的果斷行為。實在想不出他們為何想把那具屍體放在船上。可能是要做防腐處理吧。可是我又聽到下方甲板傳來另種不同的低語，非常令人不安。原來我那些伐木工朋友也同感震驚，但顯出比較有理智的樣子——雖然我承認那理由本身是不被容許的[45]。喔，正是如此！

43　a claim of distant kinship：諷刺的是此親密的關聯暗藏著主客之間的依附關係。

44　no restraint：參照先前食人族一段。(61-2)

45　inadmissible：不被容許的禁忌(即食人)。

我心意已定，如果我那過世的舵手要被吃掉的話，就留給魚吃。他在世時是次等舵手，但死去以後很可能成為最高級的誘惑，可能會導致一連串驚人的問題發生。此外，我還迫不及待想親自掌舵，穿粉色睡衣的那人完全不行，根本就是無可救藥的蠢蛋。

「簡單的葬禮一結束，我就直接去掌舵。我們用半速前進，航行於河的正中央，我邊開邊聽周圍的談話。他們已不再指望會找到庫茲，也對貿易站不再抱有任何期望；庫茲已死，基地應已燒毀——等等——等等。那個紅毛朝聖者興奮異常，以為我們至少徹底替可憐的庫茲報了一箭之仇。『哎！我們一定把他們在草叢裡殺得精光。哦？你覺得怎樣？你說呢？』他的確樂到手舞足蹈，那殘忍好鬥的紅毛小子。他剛才看到傷者居然還會昏倒！我忍不住說：『不管怎樣，你製造一大堆煙幕出來。』從草叢上端晃動的樣子我就看出他們射得太高。除非把槍抵住肩膀，好好瞄準，不然什麼都打不到；可是這些傢伙居然閉起雙眼，從腰部射擊。野人之所以會撤退，我認為——被我說中了——應該是刺耳的汽笛聲所造成。聽我這麼一說，他們就不再談論庫茲，反而齊聲咒罵，憤恨不平，向我抗議。

「經理站在舵輪旁私下低聲說，無論如何一定要在天黑前趕快駛離這邊，繼續航行[46]，這時，我看到遠方河岸出現一塊空地及建築物的輪廓。『那是什麼？』我問到。他驚奇地拍手叫好。『就是那個貿易站！』他大聲說。我隨即向岸邊靠去，仍以半速

---

46 經理原本盡其所能拖延庫茲的救援行動，藉酷暑與瘴癘之刀，想置庫茲於死路；但經理又想從庫茲手中竊取有關象牙的機密情報。故在行程延誤過久之際，他就連忙催促馬羅趕路，欲在庫茲死前見其一面。

航行。

「我在望遠鏡中看到一個斜坡，零星散布幾棵樹，樹下都沒有灌木叢。坡頂有間破舊的長屋半掩在長草堆裡；遠遠望去，只見尖屋頂上有黑壓壓的破洞；後面則是一大片叢林與樹木。屋旁沒有柵欄或圍牆之類；但還看得出以前曾經有過，因為房子周圍有一些排列尚齊的長椿，約略修齊對稱，椿頂都有圓形的雕刻飾物。橫欄——不管中間搭的是什麼東西——早已不知去向。當然，森林圍繞著這一切。河岸沒障礙物，一位戴帽的白人伸直胳臂不斷招手，好像在做側手翻。我上下打量森林邊緣，幾乎可確定有所動靜——人影四處遊走。我小心駛過，隨後就停車[47]泊船。這時岸上那人放聲大叫，催我們趕快上岸。『有人攻擊我們，』經理大聲說。『我知道——我知道。沒關係，』岸上那人也喊著答話，你想他有多快活，就有多快活。『快過來。沒關係。真高興。』

「他的樣子讓我覺得似曾相識——不曉得在哪裡曾經見過類似的有趣東西。我一邊操舵靠岸，就一邊問自己這個問題。『這傢伙長得到底像什麼？』我突然想通。他就像小丑[48]。他的衣服質料可能是棕棉麻布，不過上面都是補丁，鮮豔的補丁，藍的、紅的、黃的[49]——衣服後面有補丁，前面有補丁，手肘、膝蓋部位

47　stopped the engines：「停車」，航海術語，即熄火。

48　harlequin：啞劇(pantomime)裡著五顏六色服飾的丑角。西洋文學中有時為魔鬼代言人。

49　blue, red, and yellow：類似馬羅出發前在總公司牆上所見的七彩世界地圖，以顏色區分殖民勢力範圍。

也都是補丁；外套繡有多色花邊，褲腳則有鮮紅邊飾；陽光下他看起來非常快活光潔，因為你可以看到每個補丁的工都很細緻。沒鬍子，一臉稚氣，很俊美，沒什麼特徵，鼻子脫皮，藍色小眼睛，光亮的臉上又是笑又是皺眉，猶如多風平原上光影的追逐。『船長，要小心！』他喊道；『昨晚這兒還有沉木。』什麼！還有沉木？老實說，我有點可恥地咒罵了幾聲。為了早早結束那精釆的航程，我才差點把跛腳船撞個破洞。岸上那個小丑仰起他的小獅子鼻。『英國人？』他問道，笑容滿面。『那你也是嗎？』我隔著舵輪問。他臉上的笑容頓時消失，看我蠻失望的，他搖搖頭，似乎頗感遺憾。隨後他的心情很快就轉好。『不要緊！』他大聲鼓勵說。『我們還來得及嗎？』我問。『他還在那邊，』他答道，頭撇向坡頂那邊，臉頓時陰沉下來。他的臉就像秋季天空，陰晴不定。

「朝聖者全副武裝護衛經理前往屋子那邊去，這個傢伙隨後就到船上來。『聽好，我不喜歡這樣。那些土人還躲在草叢裡，』我說。他再三保證絕對沒有問題。『他們很單純，』他接著說；『其實，幸好你們能來。我整天都在想辦法把他們擋在外面。』『那你還說沒問題，』我叫道。『喔，他們沒有惡意，』他說；我瞪著他看，他馬上改口說：『並不完全是這樣。』隨即以俏皮的口吻說：『不蓋你，你的駕駛艙真該好好清理一番了！』過一會兒他卻建議我要維持鍋爐蒸汽足夠的存量，遇到麻煩時才能即時鳴笛。『響亮的汽笛聲比什麼槍都來得管用。他們很單純，』他又重複那句話。然後他就喋喋不休繼續講下去，讓我有點受不了。他似乎想彌補多年的沉默，事實上他也笑著暗示

的確是如此。『你難道沒跟庫茲先生說話？』我問。『你不能跟那個人說話的——你要聽他講話，』他興高采烈地大聲說。『不過現在——』他揮揮手，轉眼間就陷入沮喪的深淵。沒過多久他馬上用跳的靠過來，還緊抓著我的雙手不放，不斷握手，並很急促地說：『同行水手……榮幸……開心……高興……自我介紹……俄國人……大司祭之子……來自坦波夫[50]……什麼東西？煙草！英國煙草；高品質的英國煙草！對嘛，這樣才算兄弟。抽煙？哪個水手不抽煙？』

「煙斗讓他平靜下來，我才慢慢弄清楚原來他中途逃學，搭俄籍的輪船開始跑船；不久又再次落跑；曾在英籍船上工作過；現在已跟當司祭的父親重修舊好。他費了番功夫才得以和解[51]。『不過，要趁年輕時多看看，累積經驗與想法；擴充心智。』『在這種地方！』我打岔。『說不定！我就是在這裡遇到庫茲先生，』他說，嚴肅中略帶稚氣，有點數落我的意思。於是我就不再插嘴。看來他說服海岸那邊一家荷商[52]提供所需的物資與貨品，懷著輕鬆的心情來到內地，像嬰兒般完全不知道會發生什麼事。他已經在那條河附近獨自遊蕩了將近兩年，全然與世隔絕。『我看起來比較年輕。今年25歲，』他說。『起初老馮叔通還叫我滾蛋，』他愈講愈得意；『但我死纏著他不放，一直說一直

---

50 Tambov：蘇俄中西部之東正教大城。

51 He made a point of that：make a point of 有「刻意」、「費心」完成某事之意。

52 康拉德小說裡的荷蘭人往往是商人，特別是在馬來小說(Malay novels)裡。18世紀荷蘭早已領先英國，建立了頗具規模的殖民事業。

說，他最後竟嚇到以為連他的愛犬都會被我嘮叨到跳腳，於是他就給我一些不值錢的東西和幾枝槍，跟我說他再也不想看到我的臉。好心的荷蘭老頭，馮叔通。去年我還運一小批象牙給他，這樣子我回去時他就不能稱我是偷東西的小子了。希望他已收到這批貨。其他的事我就不管了。我有留一堆柴給你。以前我住那邊。明白了吧？』

「我把陶森寫的書交給他。他好像要吻我的樣子，卻又克制自己。『只剩這本書，還以為弄丟了，』他說，欣喜若狂地看著書。『獨自闖蕩的人會發生很多意外的，你要知道。獨木舟有時會翻掉──他們生氣時，你有時又得趕緊開溜。』他翻翻書。『你用俄文作筆記？』我問。他點頭。『我還以為是密碼呢，』我說。他笑一笑，隨後頓時嚴肅起來。『要把那些人擋在外頭實在麻煩，』他說。『他們想要殺你嗎？』我問。『喔，不是！』他喊道後就止住不說。『那他們為何攻擊我們？』我追問。他猶豫一下，然後才不好意思說：『他們不讓他走。』『真的嗎？』我說，滿肚疑惑。他點點頭，一副神秘兮兮又有智慧的樣子。『我跟你說，』他大聲說，『這個人擴充了我的心智。』他張開雙臂，藍色小眼瞪得圓圓的。」

3

「我看著他，錯愕到不知所措。他就這樣出現在我面前，穿得五顏六色，好像才從啞劇團逃出來，滿懷熱情，令人難以置信。他的存在幾乎是不可能的事，無法解釋，令人全然困惑。他是無解的難題。實在無法想像他到底是怎麼活過來的，是如何順利來到這麼遙遠的地方，又是怎樣設法存活下去──他為何沒有馬上消失。『我向前走遠一點，』他說，『然後再走遠一點──走了好遠好遠，直到無法回頭。沒關係。有的是時間。我應付得來。你要趕快把庫茲帶走──要快──我跟你說。』青春的魅力籠罩著他的雜色破衣、他的窮困、他的孤獨、徒然無用的闖蕩所致之淒涼。這幾個月來──幾年以來──他危在旦夕；卻又英姿勃發地站在那邊，懵懂過活，仗著年輕氣盛，看起來堅不可摧。我感到有點羨慕──也有點忌妒。刺激感驅策著他，冒險心使他毫髮無傷。他對荒野別無所求，只要有地方可喘息、可轉進。他需要的僅是活著，冒最大的險走最遠的路，要盡千辛萬苦。如果有人曾被全然純真、莽撞、不切實際的冒險精神所支配[1]，就是這位滿身補丁的青年。能保有這種適中明亮的熱情之火，我幾乎

1　康拉德一向推崇這種「無私」的冒險精神，類似敘事者於開頭所點名的殖民者，顯現對「信念」的執著與奉獻。見〈緒論〉第四節。

快羨慕他。這把火似乎完全吞噬了自我意識，以致於當他對你說話時，你會忘記是他——眼前的那個人——經歷了這一切。可是，他對庫茲的忠誠奉獻不令我羨慕。他沒考慮清楚[2]。這件事落在他身上，而他則秉持殷切的宿命論來接受。坦白講，我覺得他目前為止所遇上的，要算那件事是最危險的了[3]。

「他們無可避免地在一起，就像兩艘船同因無風而比鄰靜泊，最後終於放下防撞側板[4]。我想庫茲需要聽眾，因為有次在林中紮營時，他們徹夜談天，但比較有可能的是只有庫茲在講話。『我們什麼都聊，』他說，這段往事讓他激動萬分。『我根本忘掉睡覺這回事。那晚似乎還不到一小時。無話不說！無話不談！……也談到愛情。』『啊，他居然跟你講到愛！』我說，覺得很好笑。『不是你想的那樣[5]，』他大聲說，很激動。『是概括地談。他讓我看清事情——事情。』

「他猛然舉起雙臂。當時我們仍在甲板上，伐木工的工頭躺在旁邊休息，張開他那炯炯有神的大眼睛。我環顧四周，不知怎麼，我首次驚覺這片大地、這條河流、這座叢林、這片熾熱的穹蒼，居然是如此令人絕望、如此黑暗、如此深不可測、對人性弱點能如此了無同情[6]。『這麼說，想必從那時起你就和他在一

2　諷刺的是，馬羅到最後完全忠於庫茲，捍衛他的名聲。馬羅的轉變正是本節的重點所在。

3　換句話說，馬羅後來達成捍衛庫茲聲望的「危險任務」，成為歷劫歸來的「英雄」。

4　rubbing sides：防撞側板為船隻靠岸、靠攏時保護船身用具。

5　顯然馬羅懷疑這位俄國丑角與庫茲有同志關係。

6　馬羅很感嘆這位年輕人已被庫茲的「魔力」所征服。但馬羅即將重蹈

起?』我說。

「正好相反。因各種因素,他們之間僅維持斷斷續續的往來。如他自豪地說,有兩次庫茲生病時,他都盡力照顧庫茲直到康復(他的口吻像是在說極為冒險的英勇事蹟),可是庫茲通常都獨自闖蕩,遠在叢林深處。『往往我到貿易站這裡來,每次都要等上好幾天他才出現,』他說。『啊,等待是值得的!——有的時候。』『他都在做什麼?探險或其他什麼事?』我問。『喔,沒錯,想當然;』庫茲發現許多村落,甚至還發現一座湖泊[7]——他不曉得確切的方位;探聽太多消息是會惹禍上身的——不過,他的探險任務大都是為了尋找象牙。『可是他那時已經沒有什麼貨品可交易了,』我反問。『還剩一大堆彈夾,』他答,轉頭看別的地方。『說穿了,他洗劫整片區域,』我說。他點點頭。『絕非獨自行動,想必是這樣!』他含糊提及有關湖畔村落的事。『難道庫茲唆使整個部落去追隨他,是不是這樣?』我提出看法。他有點坐立不安。『他們很敬愛他,』他說。這句話的口氣很怪,我忍不住盯著他看,想追根究柢。每次講到庫茲他都一副欲言又止的樣子,實在耐人尋味。那個人占據他的生活,滿腦子都是他,左右他的情緒。『還能怎樣?』他脫口而出;『他以雷霆萬鈞之姿出現在他們面前[8],你們也知道——他們以前

(續)————————————

覆轍。

7 與康拉德同期之非洲探險家史坦利亦「發現」許多地方。詳見〈緒論〉。

8 he came to them with thunder and lightning:即運用槍砲,藉軍事力量營造「神力」(如庫茲小冊所述)。

從沒見過那種東西——顯出很可怕的樣子。他可以變得非常可怕。你不能以常人的標準來評斷庫茲先生[9]。不行，不行，不行！好——讓你有個概念——跟你說也沒差，他有次甚至也想一槍把我幹掉——可是我不會評判他。』『把你一槍斃命！』我大聲說。『爲的是什麼？』『嗯，我身邊有一小批象牙，附近村莊的村長送我的。你知道，我以前幫他們打獵。哎，他非帶走不可，什麼都不管。他揚言要把我槍斃，除非我把象牙讓給他並離開那裡，因爲他辦得到，也想這麼做，因他想殺誰就殺誰，誰也奈何不了他。這樣說也沒錯。我就把象牙給他。我才不在乎！可是我沒走人。對，沒有。沒辦法離開他。直到我們再度混熟前，我當然得很小心。那時他的病又再度復發。後來我就必須要閃得遠遠的；但我不在乎。他大都在湖邊村落過活。他從上游過來的時候，有時會對我示好，而有時我還是小心一點比較好。這個人受太多的苦。他對這一切感到厭倦，不知怎麼卻又走不開。一有機會我就求他要趁早出走；我自告奮勇要陪他回去。他口口聲聲答應我，卻待著不走；然後又啓程出發去找象牙；幾個禮拜都消失無蹤；在那些人當中迷失了自己——忘乎所以[10]——你知道嗎。』『哎呀！他瘋了，』我說。他很憤慨地辯解。庫茲先生怎麼可能會發瘋。如果短短兩天前我能聽見他講話，就不至於膽敢暗示這種事……我們聊天時我拿起望遠鏡觀察，朝河岸看去，掃

---

9 異域的殖民事業要以不同的道德標準衡量。這點認知亦是同期作品《吉姆爺》的中心議題。

10 forget himself amongst these people—forget himself：意即庫茲拋棄當「文明人」的機會，入鄉隨俗(going native)。

視兩岸森林的盡頭與房舍後方。意識到樹叢那裡有人躲著，默默地、靜靜地——如同山坡上那破屋般的靜默——這種感覺真令我不安[11]。這段令人稱奇的故事表面毫無跡象顯示其本質所在，故事不是用說的，而是意有所指地暗示給我[12]，透過悲悽的嘆息，摻以聳肩、隻字片語、以長嘆結尾的露口風。樹林則動也不動，像是面具——沉重如深鎖的牢門——顯現的氣氛是潛藏的知識、耐心的期待、拒人於外的沉寂。那個俄國佬向我解釋說，庫茲先生從上游過來是最近的事，還把湖區部落的戰士全都帶來。之前他消失了好幾個月——我想是在受人敬愛[13]——這回突然現身，看來準備要到對岸或下游搜刮一番。獲得更多象牙的慾望顯然已勝過——要怎麼說？——較不唯物的抱負[14]。然而，他的狀況突然惡化。『聽說他躺在那邊，不能自理生活，我就趕快過來——冒著險，』俄國佬說。『喔，他身體很差，很糟糕。』我透過望遠鏡觀察屋子。毫無人煙，只見斷垣殘壁，泥土長牆矗立在雜草堆裡，三個方形窗口，大小不一；這些看起來似乎就在眼前。我猛然動了一下，視野中就突然出現毀損柵欄遺留下來的木

---

11 文化異己的威脅在於其「不可知」與「不可見」。庫茲雖然是「自己人」，卻也愈形「不可知／不可見」。

12 想必奈麗號船上馬羅的聽眾亦有同感。

13 getting himself adored：享受「不可告人」的儀式。

14 less material aspirations：帝國主義較不功利的目標當屬「遠傳文明聖火」，將「光明」帶進「黑暗大陸」。馬羅認為庫茲悖離此「光明」大道，投效「黑暗」，將萬劫不復。馬羅的聽眾想必很清楚這段故事暗藏的難題：如果庫茲果真效忠「光明」，為帝國事業赴湯蹈火，滿足帝國的宰制慾望，那遠在家鄉的「自己人」又該如何看待此變異的「黑暗之心」？

桿。你們該記得我曾說過我先前在遠處曾看到一些飾物，在廢墟
裡格外引人側目，讓我留下深刻印象。突然這麼近看到，我就馬
上轉頭，好像在躲避拳頭的攻擊。隨後我就用望眼鏡仔細檢視每
個木樁，我才明白先前的錯誤。木樁上的圓節不是飾物，而是具
有象徵意義的；這些東西各個意味深長，卻令人迷惑，既引人注
目又令人不安——是引人深思的食糧，而如果天上有禿鷹覓食的
話，這些東西則是豐富的餐點；無論如何，對辛勤爬上木樁的螞
蟻來說，都是一樣的。原本可更加令人難忘——這些樁上的頭
顱——如果臉部不是朝屋子看去的話。只有一個頭顱，我看見的
第一個，臉才是朝向我這邊。其實我並沒有你們所想的那樣驚
訝。轉頭退縮只不過是驚愕的反應。要知道，我原本以為會看到
圓木節。我故意再看第一個頭幾眼——黑壓壓地掛在那邊，乾
枯、凹陷、眼瞼緊閉——頭顱好像在樁頂沉睡，雙唇乾皺，露出
一排白牙，笑嘻嘻的，在永睡中了無止盡的滑稽夢裡笑個不停。

　　「我不是在洩漏貿易機密[15]。其實，如經理後來指出，庫茲
先生的方法把整個地區都搞砸了[16]。關於這點我沒什麼意見，不
過我要你們搞清楚，這些頭顱掛在那裡並沒有什麼利益可言。它
們顯示的只是庫茲先生不懂節制，盡其所能滿足各種慾望，還顯
現出他有所缺陷——小事一件，但急需時卻無法在冠冕堂皇的雄

15　庫茲的貿易機密正是經理一夥想竊取的。馬羅嚴守公司規範，如故事
　　開頭時所說：「我除了簽訂種種條款外，還答應絕不洩漏商業機密。
　　我到現在也不會透露。」(15)

16　經理與庫茲的基本差異——舊派與新派的爭執——不在於帝國主義的
　　本質問題，而是征服方法的不同。

辯裡找到。我不敢說他是否真的知道自己擁有這項缺陷。我想他後來才知道——只不過是到最後那一刻。可是荒野早就相中他，爲了報復那荒誕的侵略，在他身上加諸了可怕的復仇。荒野想必曾向他低聲吐露關於他的事，連他自己本身都不知道的事，他根本毫無概念的事，一直要等到他與這片孤絕商量後才會知道——這低語果然已牢牢抓住他的心，不可抗拒。它在他心裡激起陣陣迴響，因爲他心底空虛透頂[17]……我放下望遠鏡，原本看來伸手可及的頭顱刹那間好像馬上離我而去，沒入遙不可及的遠方裡。

「庫茲先生的崇拜者有點垂頭喪氣。然後他就很急、含糊地向我解釋說，他絕不敢把這些——要這麼說，象徵物——拿掉。並非他很怕這些野人；除非庫茲先生下令，他們才不敢蠢動。他的統治地位實在異常崇高。這些人在外頭紮營並將這裡層層圍住，各族酋長每天都來見他。他們有時還用爬的……『我不想知道晉見庫茲先生的儀式細節，』我大聲說。我心中湧現奇怪的感覺，讓我覺得那些細節會讓人無法消受，更勝於庫茲先生窗外木樁上的乾頭顱。畢竟，這只不過是野蠻景象，跨越疆界把我送至無法言傳的恐怖黑暗處[18]，純粹、簡單的野性在那裡是十足解脫，因其有權存在——顯而易見——於光天化日下[19]。那青

---

17 he was hollow at the core：艾略特(T. S. Eliot)之短詩〈空人〉("The Hollow Man")藉庫茲寓意現代人偶像崇拜之空虛及對文明進步之惶恐。

18 some lightless region of subtle horrors：殖民主義雖打破地理分野與國族界線，庫茲的例子與馬羅的體驗皆顯示19世紀歐洲人對「跨越疆界」的憂慮。

19 where pure, uncomplicated savagery was a positive relief：這反映了馬羅

年滿臉訝異地看著我。我想他從沒料到庫茲先生不是我的偶像。他忘記我根本沒聽過那些精采獨白，論及愛情、正義、操守——或諸如此類的事。講到在庫茲先生面前卑躬屈膝，他果真如名副其實的野人一樣都是用爬的。我不清楚詳細情形，他只說：這些是叛賊的頭顱。看我快笑死，他驚愕到不知所措。叛賊！還會聽到其他什麼字眼？我一路走來遇過敵人、犯人、工人——而這些叫叛賊。在我看來，這些叛逆分子在木椿上顯得格外安分。『你根本無法了解這種生活是怎麼折磨庫茲這種人的，』庫茲的末代弟子大聲說道。『那你就知道了？』我說。『我！我！我很單純。沒什麼偉大抱負。對人也無所苛求。你怎能把我比成……？』他激動得說不出話來，突然崩潰。『怎麼會這樣，』他呻吟道。『我已盡力救他，該做的都做了。這方面我根本不行。毫無能力可言。幾個月來這邊連一滴藥水、連一口病人吃的食物都沒有。真可恥，他被人遺棄了。像這種人，有這種想法。真是可恥！可恥！我——我——十天沒睡了……』

「他的聲音沒入寂靜的黃昏裡。我們談話時，森林狹長的影子已悄然隨坡而下，越過破屋，也穿過那排具象徵意味的木椿。一切都籠罩在昏暗中[20]，而在坡下的我們還照得到陽光，岸邊空地前的河道靜靜閃爍著耀眼光芒，前後各蜿蜒著一片朦朧與陰暗。岸上連個人影也沒有。樹叢動也不動。

「屋邊突然有群人出現，好像從地底冒出來。他們費力越過

<hr />

（續）————————————————

　　的「文化相對論」（cultural relativism）觀點。「文明野性」之所以恐
　　怖，因其長存於不可告人的暗處——這正是故事結尾的意象。

20　此與故事開頭和結尾的氣氛相仿。

及腰的草叢，隊伍緊密，中間有把臨時拼湊的擔架。就在此時，空曠的大地突然響起一陣哀號，尖叫聲穿破沉寂，就像朝大地之心射去的利箭；好像變魔術般，川流不息的人潮——各個裸身——手執長矛、弓箭、盾牌，眼露凶光、舉止狂野，從昏暗憂思的森林旁湧入空地。樹叢晃動，長草搖擺，萬物隨後回歸寂靜，蓄勢待發。

　　「『事到如今，如果他沒有好好對他們交代一番，我們就慘了，』俄國人躲在我身旁說。那群護送擔架的人馬在往蒸汽船的途中停下，似乎嚇呆了。我看見擔架上的那個人坐直，形影瘦長，高舉臂膀，鶴立於挑夫的肩膀群裡。『衷心期盼滿口是愛的那個人這次能有特殊理由放我們一馬，』我說。想到我們面臨的危機是如此荒謬，我心中真是憤恨不平，似乎任由那殘暴幽魂擺布是有所必要，亦讓人蒙羞[21]。我聽不到聲音，可是透過望遠鏡可見瘦長的胳臂威嚴地伸直，下顎張開，那個幻影的雙眼遠遠地在乾癟的頭顱裡發出凶光，頭則隨著身軀畸變的痙攣而抖動不已。庫茲——庫茲——德文裡是短小的意思——不是嗎？嗯，名如其人——跟他的死一樣。其實他看起來至少有七呎高。他的毯子沒蓋好，身體像是從裹屍布裡露出，既可憐又恐怖。我見他的肋骨上下起伏，瘦骨如柴，臂膀揮舞著。這幅畫面猶如用老舊象牙精雕的死神像，栩栩如生，面對一群無聲無息、暗色晶瑩的青銅群眾，在那怒氣沖沖地揮手威嚇。我看他嘴巴張得大大的——

21　到目前為止，馬羅與庫茲劃清界線。但當馬羅親身了解庫茲的遭遇後，反倒以捍衛庫茲的名譽為「榮譽」之責。

很怪誕的貪婪表情，他似乎想要一口吞下天地萬物。隱約傳來一
陣低沉的聲音。想必他在大聲說話。隨後他就突然躺下。擔架搖
晃，挑夫再度跌跌撞撞地往前走，我同時注意到那群野人忽然消
失無蹤，根本察覺不出有撤退的跡象，叢林好像轉眼間把這些人
吐出來又吸進去，如深呼吸般。

「擔架後頭有幾個朝聖者提著他的武器——兩把獵槍、重型
步槍、輕型的左輪卡賓槍——那可悲天神[22]手中的雷霆。經理走
在他旁邊，不斷俯身低語。他們把他放在小艙房裡——只放得下
一張床、幾張小折凳的那種。我們帶來晚到的信[23]，他的床亂七
八糟地堆滿拆開的信封和讀過的信。他的手軟弱無力地在信堆中
攪動。看到他如火般的眼神與那衰弱到安詳的表情，我頗感訝
異。這一點都不像是疾病所致的精疲力竭。看不出他有什麼病
痛。這個幽魂看起來很滿足、平靜，似乎目前已嚐遍人間的喜怒
哀樂。

「他急忙抽出一封信，瞪著我說，『我很高興。』[24]有人寫
信告訴他關於我的事。這些特別推薦函又再度浮上檯面[25]。他
說話不費吹灰之力、嘴唇幾乎不動，真令我驚訝。只有聲音！聲

---

22 pitiful Jupiter：朱比特為羅馬神話裡的天神，相當於希臘神話裡的天神
宙斯(Zeus)。庫茲只靠幾把槍械就得以營造「神蹟」，威嚇「野
人」，在馬羅眼中既可敬又可悲。
23 庫茲顯然仍與各方保持密切聯繫。在送信的過程，這些信函難保不被
庫茲的敵人拆封。
24 這是馬羅首次與庫茲交談。
25 指馬羅阿姨先前所動員的有力人士。經理想必也清楚馬羅的重要「關
係」。

音！聽起來是這麼莊嚴、深沉、撼動人心，可是他似乎連低聲說話都不行。然而，他擁有的力量——雖是虛假做作——仍足以把我們逼上絕路，我馬上說給你們聽。

「經理靜靜地在走道出現；我連忙走到艙外，經理在我身後把簾幕拉上。在朝聖者好奇的目光中，俄國佬緊盯著岸邊看。我也跟著往岸邊瞧。

「遠方隱約可見暗黑人影模糊不清地掠過昏暗的森林邊緣，河邊則有兩個青銅膚色的人倚著長矛，穿戴怪誕的豹皮頭飾，好戰尚武，像雕像般靜立在陽光下。明亮的岸邊可見一個女人的身影從右方走來，狂野不羈，華麗動人[26]。

「她從容不迫地走著，裹著有條紋、繡著邊飾的布衣，莊嚴地邁開步伐，原始的飾物不時叮噹作響，光彩奪目。她抬頭挺胸；長髮梳成盔狀；膝繫銅製綁腿，銅線手套長及手肘，茶色雙頰塗有緋紅飾點，脖子戴著數不清的玻璃珠鍊；身上掛滿奇形怪狀的東西、符咒、巫醫贈禮，隨著腳步閃閃發光，格格作響。她這身行頭一定值好幾根象牙的錢。她看起來既野蠻又高貴，激動又端莊；她從容的行進有種既不祥又莊嚴的感覺。悲情大地頓時陷入一片沉寂，浩瀚原野——豐饒神秘的萬物——似乎也若有所思地看著她，好像正注視著自己暗黑熱情的靈魂顯影。

「她走到蒸汽船旁，靜靜地站著，正視我們。她的長影落在岸邊水面上。她悲痛萬分、有苦難言，加上內心掙扎、拿不定主

---

26 此乃與庫茲有曖昧關係的非洲女皇。康拉德對此角色的處理飽受批評。非洲女皇的「消音」與「失聲」顯示父權式的壓抑霸權。見〈緒論〉第六節。

意所致之憂慮，她滿臉悲壯。她動也不動地站著看我們，就像原野，顯現的氣氛像在思忖著深不可測的意圖[27]。整整過了一分鐘她才向前走一步。微弱的叮噹聲，閃閃金光，繡邊飾的布衣一陣飄舞，她隨後停下腳步，好像心臟忽然停止般。站我身旁的小伙子低聲咒罵幾句。朝聖者則在後頭竊竊私語。她看著我們，她的生命似乎緊繫於那專注執著的眼神。她突然張開赤裸雙臂，高舉過頭，猶如身陷無法克制的慾望想伸手摸天，而就在此時，輕快的影子猛然由地表竄出，掠過河面，一把抓住蒸汽船，將它擁入幽暗的懷抱[28]。靜得嚇人的沉寂籠罩著這幅景象。

「她慢慢轉身走開，沿著河岸往左邊草叢走去。昏暗的灌木叢裡只見她以閃爍的眼光朝我們看最後一眼，就消失不見。

「『她如果真的要到船上來，我想我一定會想把她槍斃掉，』補丁人緊張地說。『最近兩週，我每天都冒著生命危險不讓她進到屋子裡面。有天她終於進來，看到我從儲藏室撿來補衣用的破布，就大吵大鬧。我不甚雅觀。至少她應該是這麼想的，因為她大發脾氣跟庫茲講了一小時的話，偶爾還指著我罵。我聽不懂這族的方言。幸好，我想庫茲那天身體很差，什麼事也不能管，不然我就惹禍上身了。實在搞不懂⋯⋯不懂——我消受不了。啊，嗯，現在事情總算告一段落。』

---

27 with an air of brooding over an inscrutable purpose：無語的大地雖飽受摧殘，但其「沉默」卻預告反撲的可能，無名無語的非洲皇后亦同。參見馬羅先前的觀察：「這種萬物俱靜的樣子一點也不像是平靜。而是如無情的力量暗自思忖著深不可測的意圖時所顯露的寂靜。」(51)

28 shadowy embrace：悲痛欲絕的非洲女皇雖無法號召實質的反抗，其沉默實暗藏殺機，醞釀日後反動的可能。

「這時我聽到簾幕後頭傳來庫茲低沉的聲音:『救救我!──搶救象牙,你的意思是不是這樣。胡說。要救的是**我**!哎,我剛才還得救你呢。你打斷了我的計畫。生病!生病!沒你想像的嚴重。算了。我會實現我的理想──我一定會回來。要做給你看。憑你的芝麻蒜皮觀念──就是你在干預我。我會回來。我……』

「經理從艙內走出來。他真尊敬我,挽著我的手把我拉到旁邊。『他很消沉,很消沉,』他說。他覺得有必要嘆氣,卻忘記假慈悲要前後一致。『為了他,我們該做的都做了──不是嗎?但不可否認的是,庫茲先生對公司傷害很深,沒什麼貢獻。他搞不清楚時機尚未成熟,不能強勢行動[29]。小心翼翼,小心翼翼──我的原則是這樣。我們還要再謹慎些。這個區域要暫時封閉起來。真可悲!大體上看來,貿易會受牽累。我承認象牙的數量是很可觀──但大都是化石[30]。不管怎樣,我們還得要搶救這批象牙──可是要知道,我們的處境岌岌可危──為什麼呢?因為那種方式有欠考量。』『你真的,』我看著河岸說,『認為那是「不周詳的方式」[31]?』『沒錯,』他激動地說。『難道你不這麼想?』……『根本談不上什麼方法,』過一會兒我才低聲說。『沒錯,』他雀躍地說。『我早就知道會是這樣。那種方式絕對有欠考慮。我有責任向有關單位反映。』『喔,』我說,

---

29 He did not see the time was not ripe for vigorous action:此乃經理時空錯亂的歪理,意圖混淆視聽。其實搜刮大地的競賽早已展開,時機早已成熟,大夥皆不甘落後。

30 從土裡掘出來的;意即竊取原住民埋在土裡的象牙。

31 unsound method.

『那個傢伙——叫什麼去的？——製磚師，一定會幫你擬份易讀有趣的報告。』他頭腦暫時轉不過來的樣子。我從沒嚐過這麼卑鄙無恥的氣氛，只好心中想著庫茲以爲慰藉——十足的慰藉[32]。『不管怎樣，我認爲庫茲先生很了不起[33]，』我強調說。他有點吃驚，冷冷地瞪著我，然後平靜地說，『他**以前是**，』就轉身不理我。我終於失寵了；我發覺自己跟庫茲被送作堆，自成派系，在宣揚不合時宜的方法：他們以爲我有欠考量！唉！至少在這堆夢魘中，這種方法讓我還有所選擇[34]。

「其實我想到的是荒野，不是庫茲，我差點認爲他與下葬的死人沒什麼兩樣。我那時還以爲自己也被埋在斗大的墓室裡，內藏許多可怕的秘密[35]。我感到一股不可承受的重量緊壓胸口、潮溼大地的氣息，也察覺到不可見、得逞的墮落與深不可測的夜晚之黑暗……俄國佬拍拍我的肩。聽他口齒不清地結巴說：『水手兄——不能隱藏——關於可能會影響庫茲名譽的事情。』我讓他講下去。顯然對他而言，庫茲仍未進到墳墓裡；我猜他還以爲庫茲是個長生不老的仙人。『喂！』我最後終於開口說，『有話直說。我剛好也是庫茲先生的盟友——就某方面來說。』

32　for positive relief：這是馬羅重新檢視庫茲的轉捩點。

33　a remarkable man：此話原出自會計科長。(27)馬羅訴說「黑暗之心」的意圖在於肯定庫茲「出眾」之處。

34　it was something to have at least a choice of nightmares：馬羅與同期的新帝國主義者共同關心的並不是「對」與「錯」的問題，而是哪一種征服方式較爲妥當，可救贖帝國的罪惡。

35　unspeakable secrets：呼應庫茲的「可怕儀式」("unspeakable rites")，乃文明野性之不可言詮。

　　「他開宗明義很正式地說，要不是我們『同行』，這件事他將會守口如瓶，才不管會有什麼後果。『他猜想這些白人對他不懷好意，在積極策動——』『沒錯，』我說，想到我先前偷聽到的話[36]。『經理認為應該要把你吊死。』他很在意這個消息，起先我還覺得很好玩。『我應該默默閃到一邊去的，』他認真說。『現在已無法再幫庫茲什麼忙了，他們馬上會編出一些藉口。要怎樣才能阻止他們？離這裡300哩處有座軍營。』『唉，說實在話，』我說，『如果附近蠻族有你認識的朋友，或許你最好能趕快離開。』『很多朋友，』他答，『他們很單純——而我別無所求，你也知道。』他站在那裡，咬著嘴唇，然後說：『我不想讓那些白人在這受害，可是不用說也知道，我有考慮到庫茲先生名譽的問題——你與我同行，都是水手，而——』『好吧，』過一會兒我說，『我不會洩露有關庫茲先生名譽的秘密。』我那時還沒料到我講得真準[37]。

　　「他小聲告訴我，攻擊蒸汽船其實是庫茲下的命令。『他想到會被帶走，有時會越想越氣——再說……可是這些事我真的不懂。我很單純[38]。他還以為這樣做可以把你們嚇跑——你們就會取消任務，認為他早已死去。我沒辦法阻擋他。哦，上個月我實在很慘。』『好啦，』我說，『他現在比較好了。』『沒——

36　指經理在中央貿易站與其叔叔的密談。見故事第二節開頭。

37　馬羅回到歐洲總公司後，拒絕吐露有關庫茲的任何實情，連庫茲未婚妻也不例外。

38　simple man：似乎如「單純」的野人般。回歸「原始」有時意味著遠離醜陋的現實。

錯，』他喃喃自語，顯然仍半信半疑。『謝謝你告訴我這些，』
我說，『我會注意的。』『但要不動聲色——喔？』他緊張地強
調。『他的名譽一定會受損，如果這裡有人——』我很嚴肅地答
應他，我一定會非常謹慎。『附近有艘獨木舟和三個黑人在等
我。先溜啦。給我幾個彈夾好嗎？』這個忙我幫得上，我就暗地
裡把彈夾交給他。他向我眨眨眼，抓一把我的煙草。『水手之
間——你也知道——上等的英國煙草。』在駕駛艙門口他轉過身
來——『喂，你有沒有多的鞋子？』他把腳舉起來。『你看。』
鞋底像涼鞋般用打結的繩子繫在光腳丫下。我翻出一雙舊鞋，他
讚歎地看了幾眼，然後就把鞋子夾在左手臂下。他有個口袋(鮮
紅色)鼓鼓地都是彈夾，還有個口袋(深藍色)塞本陶森的《探
秘》等等一大堆東西。看起來他覺得自己已裝備齊全，準備再度
面對荒野[39]。『啊！以後再也不會遇到這種人了。你應該聽他朗
誦詩歌——還有他自己寫的詩，沒錯，他跟我說的。詩歌！』想
到這些舊時歡樂，他興奮地雙眼打轉。『喔，他拓展了我的心
智！』『後會有期，』我說。他同我握手後隨即消失在黑夜中。
我有時不禁問自己是否真的看過他——是否可能真的遇上這種奇
人奇事！……

　　「我午夜醒來的時候想到他的警語，在星光閃閃的暗夜裡，
他所暗示的危機愈形真實，令我不禁趕忙起床巡邏。山丘上營火
熊熊燒著，忽明忽滅地照亮貿易站的斜牆。有位隊友領著幾個隊

39　這些物品象徵西方現代文明之「力量」與「知識」。在俄國人身上展
　　現顯然有諷刺意味：現代文明終不敵沉默的荒野。

內的黑人充當衛哨，全副武裝在看管象牙；叢林深處可見紅光搖曳，在暗黑難辨的柱狀體裡，火光忽起忽落，透露出庫茲崇拜者不安地守夜的確切營地。單調的大鼓聲帶給夜色沉悶的震撼，顫動縈繞不去。黑壓平直的林牆後頭有許多人各自在吟詠魔咒，傳來持續的低喃猶如蜂窩的嗡嗡聲，對半醒的我來說有種奇特的催眠作用。我想我一定是靠欄杆打了瞌睡，突然有一陣喊叫聲——壓抑的情緒與神秘的狂熱勢不可擋地爆發出來——才把我嚇醒，讓我不知所措。而喊叫聲又忽然中斷，繼以持續的低喃聲，隱約可聞的聲音伴隨著深夜寂靜，撫慰人心。我不經意往小艙房望去。裡面有燭火，但不見庫茲先生。

「如果我相信親眼目睹的，我一定會大叫出來。但起初我不相信雙眼所見——怎麼可能會有這種事。老實說，我嚇死了，全然莫名的恐懼——無關乎有形的危險——搞得我心慌意亂。讓我不能自已的原因——要怎麼說——在於道德上我受的驚嚇，似乎有種極其駭人聽聞的東西——不敢想像、令人作嘔——冷不防地撲過來。當然，這種感覺剎那間就消失，我又恢復正常，一如往常感受到普通的致命危機、可能會發生的奇襲和屠殺，諸如此類的事，我甚至覺得威脅逼近，而這種感覺反而受我歡迎，能安定心情。事實上這種感覺把我安撫得這麼好，以至於我並沒有向他人示警。

「有個隊員裹著大衣睡在甲板的椅子上，離我才沒幾步。外頭喊叫聲沒把他吵醒；他輕輕打呼；我不管他就獨自上岸。我並沒有背叛庫茲先生——我有令在身不得背叛他——明定我要忠於我所選擇的夢魘。我急於要獨自面對這個幻影——至今我仍不明

白自己為何如此珍惜這個經驗的黑暗面，情願不與他人分享。

「我一上岸就看到地上有痕跡——草叢裡有條寬痕。我記得我高興得自言自語，『他沒辦法走路——用爬的——逃不了。』草上布滿露水。我緊握雙拳快步地走。我猜我大概想襲擊他，把他痛打一頓。我也不確定。想一些很蠢的事情。養貓的編織老婦突然浮現在腦海裡[40]，她坐在這件事的另一個世界，真是格格不入。我看到朝聖者排排站，拎著步槍胡亂掃射。我還以為我再也回不了蒸汽船，幻想自己在叢林獨自過活，手無寸鐵，直到老死。真是胡思亂想——你們也明白。我還記得我把鼓聲錯當成自己心跳的聲音，而安穩的韻律正合我意。

「不過我還是繼續循著足跡前進——然後就停下腳步傾聽。夜色皎潔；一片暗藍，點點露珠與星光下靜靜矗立著黑色形體。我想我看見前面有動靜。說也奇怪，那晚我想的都很準。我甚至拋開足跡不管，兜一個大的半圓圈子(我想我還暗自竊笑)，設法跑到那團騷動的前方——我所注意到的動靜——如果真的看到了什麼。我像在玩小男生的遊戲般包抄庫茲。

「我突然發現他，要不是他聽到我的腳步聲，我一定會撲上前去，但他及時起身。他站起來，蹣跚，身影修長，面色慘白，模糊難辨，猶如大地吐出的水氣，輕輕搖曳，朦朧沉默地面對我；在我身後的林木間可見鬼影幢幢的營火，森林深處傳來各種低喃聲。我機警地截斷他的退路[41]；然而當我真的與他對峙之

---

40 如馬羅先前所說：「我常在遠方想起這兩個人，守護著黑暗之門，好像用黑毛線編織溫暖的柩衣。」(15)
41 庫茲欲前往森林裡其崇拜者的營地。

際，我反而醒悟過來，危險清晰可見。事情沒這麼快了斷。他如果放聲大叫，要怎麼辦？他雖然站都站不穩，說話仍宏亮有力。『快走開——躲起來，』他說道，音調深沉。太可怕了。我朝身後望去。最近的營火才不到30碼。一團黑影站起來，踏著修長的黑腿，在營火後揮舞著黑手臂。有角的黑影——我想，是羚羊角——長在頭上。顯然是法師、巫醫之類的；看起來跟鬼沒什麼兩樣。『你知道自己在做什麼嗎？』我悄悄問。『完全清楚，』他答，揚起聲調說出簡單的一句話：聽起來離我很遠卻又很大聲，好似揚聲筒傳來的招呼聲。我心裡想，他如果叫得兇一點，我們就完了。雖說我心中自然有多不喜歡，我得打贏那個幻影——徘徊、飽受煎熬的東西，但顯然這不是打拳架可以解決的。『你會迷失自己，』我說——『迷失到萬劫不復。』[42]人有的時候會靈機一動，你們知道。雖然我說的沒錯，但與此時此刻相較——當我們之間已奠立互信的基礎——要長久不衰——維持下去——撐到底——死後也一樣，他那時也已徹底迷失。

「『我有遠大的計畫，』他悄聲說，一副優柔寡斷的樣子。『沒錯，』我說；『可是你如果呼救的話，我會把你的頭敲破，用——』手邊連棍子或石頭都沒有。『我就會把你給掐死，』我改口說。『我將完成豐功偉業，』他懇求地說，那渴望的聲音、依依不捨的語氣，真讓我不寒而慄。『現在來了這個愚昧的小人——』『不管怎樣，你在歐洲的成就是無庸置疑的，』我冷靜地斷言。其實我根本不想掐死他，你們也知道——而且那樣做也

42　utterly lost：在「蠻族」裡「迷失」自我，顯示對「退化」的恐懼。

無濟於事。我要設法破除魔咒——荒野所下的魔咒，沉重、無
聲——魔咒藉著忘卻的本能、殘暴天性的覺醒[43]，追憶滿足的慾
望、醜陋的激情，將他擁入無情的懷抱。我確信只有這個東西能
驅使他來到森林邊緣、草叢裡，投向熊熊營火、脈動的鼓聲、巫
術咒語的吟詠；這個東西欺騙了他那不正當的靈魂，讓他的抱負
遠超出所能容許的範圍[44]。還有，你們知道嗎，他所處地位的可怕
不在於頭會被敲破——雖然我自己也深刻感受到同樣的危險——
而是在於我所要對付的人，無論我假以高尚或低賤的名義，都無
法說動他。我甚至要像這些黑鬼一樣，要在他身上——從他內心
深處——喚醒他自身的墮落，崇高、令人無法置信的墮落。沒有
什麼能比他高尚，也沒有什麼能比他低賤[45]，這點我十分明白。
他已經把自己從世上的羈絆解脫出來。去他的！他打散了整個世
界[46]。他孤苦無依，而在他面前，我根本不知道自己是站著或飄
著。我把我們之間的對話都告訴你們——重複每句話——但這又
有何用？都是普通的日常對話——每天醒來都會用到的熟悉、模
糊字眼。那又怎樣？這些話我聽起來背後都帶有可怕的言下之
意，正如夢裡所聽見的話、作噩夢時所說的話一樣。可憐蟲！如
果真有人曾與幽魂對抗，那就是我了。但也不能說我在跟瘋子爭

---

43 the awakening of forgotten and brutal instincts：庫茲未壓抑原始人性，忠
　　實面對「獸性」。

44 this alone had beguiled his unlawful soul beyond the bounds of permitted
　　aspirations：這是馬羅首次毫不保留地批判庫茲。

45 There was nothing either above or below him：庫茲道德上的不確定性深
　　深困擾著馬羅。

46 此乃「文明」世界。

辯。信不信由你，他頭腦清楚得很——雖然他的思緒異常集中，全神貫注得嚇人，他的頭腦還很清楚；這是我僅有的運氣——當然，這使我無法當下置他於死，殺他其實也是下策，不可避免會發出聲音。話說回來，他的心早就瘋了。在荒野中孤單已久，他的心曾自我檢視，然後，我跟你們說，我發誓他的心就這樣瘋掉了。而我也必須要——我想是為贖罪——歷經千辛萬苦親自來檢視他的心[47]。他最後關頭所爆發的真情告白[48]嘲諷了我們對人類的信念，遠勝過所有詭辯。他也在自我掙扎。我親眼目睹——也親耳聽見。我遇上一個難解的謎，有幽魂不知自我克制、沒有信仰、無畏無懼、盲目地自我掙扎。我力求鎮定；不過當我終於把他攙回沙發上躺的時候，我猛擦冷汗，雙腿發抖，好像才剛揹了半噸重的東西下山。可是我只不過扶著他，他瘦骨如柴的手臂挽著我的脖子——他居然跟小孩一樣輕。

　　「隔天中午我們啟程返航時，那些躲在樹林圍幕後的群眾——我時時刻刻全然感受得到的群眾——再次從林中湧出，流向空地，頓時滿山遍野都是整群銅棕色的胴體，裸身、喘息、抖動著。我先稍稍溯游航行，然後再掉頭而下，兩千隻眼就這麼緊盯著可怕的河怪[49]濺著水、砰砰作響地移動，恐怖的尾巴猛然拍打著河面，還吐出滾滾黑煙。第一排群眾之前有三個人，從頭

47　這是馬羅說故事的真正意圖。不過如他所說，到最後一切仍舊混沌未明，無法洞察這段經歷的真正涵義。馬羅將難題留給沉默的聽眾。

48　final burst of sincerity：指「恐怖！恐怖！」("The horror! The horror!")，見下文。

49　river-demon：指蒸汽船。

到腳塗滿鮮豔的紅土，沿著河岸不安地來回踱步，趾高氣昂的樣子。當船再次駛到他們面前的時候，他們就朝著河的方向跺腳，猛搖有角的頭，擺動鮮紅的身體；他們朝可怕的河怪揮舞著一把黑羽毛，長在有癬的皮毛上，還垂著尾巴——看起來好像乾葫蘆；他們規律地齊聲喊著一長串奇怪的話，根本不是人講的話；而群眾傳來的低吟則不時被打斷，就像惡魔連禱的呼應。

「我們把庫茲搬到駕駛艙：那裡比較通風。他躺在沙發上凝視窗外。人潮一陣紛亂，那個梳著盔狀長髮、茶色雙頰的女人跑到人潮邊緣。她伸出雙手，不知大喊了什麼，那群狂野的人群頓時也齊聲呼喊，聲音清楚有力、簡潔、急促。

「『你聽懂這個嗎？』我問。

「他繼續朝我身後遠方看去，渴望的目光炯炯有神，依依不捨的表情摻雜恨意。他沒答話，可是我看到他了無血色的嘴唇露出微笑，難以言喻的微笑，他的雙唇隨後就急遽抽搐一陣。『我怎會不知？』他緩緩說道，喘著氣，似乎這些話是藉著神鬼力量才從他身上扯出來一樣。

「我拉汽笛，因為我看到甲板上的朝聖者正忙著拿出步槍，準備大玩一場。出奇不意的汽笛聲中，那堆擠成一團的胴體露出悲慘的驚嚇舉動。『不要這樣！不要把他們嚇跑，』甲板上有人敗興地喊道。我一再鳴笛。他們作鳥獸散，一會兒跳一會兒蹲，亂跑一通，倉皇閃避這個出乎意料的嚇人聲音。那三個塗著紅土的傢伙早已倒下，趴在河岸上，好像被槍斃般。只有那個狂野超凡的女人毫不畏縮，依然在我們後方對著陰沉閃爍的河水悲壯地伸出赤裸的雙臂。

「而甲板上那群傻蛋開始玩樂，除了煙霧以外，什麼也不見。

「湍急的土黃河水從黑暗之心滾滾流出，以比我們先前溯游之行還快兩倍的速度，把我們送往出海的方向；而庫茲的生命也加快腳步逐漸衰退，從他心中消逝，流退至無情的時光之海。經理異常心平氣和，現在已沒什麼要事困擾他了，他心滿意足地上下打量我跟庫茲：這『事件』如願圓滿落幕。我的時候到了，很快就會沒人理我，讓我與『欠考量』的一派[50]為伍。朝聖者各個冷冷地看待我。這麼說吧，我已被歸作死人一類了。很奇怪我居然能接納這個意想不到的夥伴關係[51]，接納這個在黑暗大地強加在我身上的噩夢選擇[52]，而這片大地早已被這些卑鄙貪婪的小人所侵犯。

「庫茲說過話。化作聲音！聲音！直到最後一刻，這聲音依然洪亮。在他生命凋零後，這聲音藉著冠冕堂皇的層層雄辯隱藏了他心裡荒蕪的黑暗。喔，他掙扎著！掙扎著！他困倦心智的不毛之地現已布滿陰魂不散的虛幻意象——財富與聲望的意象諂媚地圍繞著他那不可抹殺的才華——高貴、崇高的表達方式。我的未婚妻、我的貿易站、我的事業、我的理念——這些都是情緒

---

50 the party of "unsound method".

51 馬羅誓言捍衛庫茲的名譽，故與庫茲「同夥」。

52 this choice of nightmares：馬羅選擇忠於庫茲，而非經理一夥。這個選擇是兩惡求其輕，是無奈的選擇。馬羅的故事乃自剖其選擇「噩夢」的心路歷程。

高亢時偶現的論述題材。正牌庫茲[53]的幻影常造訪這個徒有其名的冒牌貨[54]，是其床邊常客，不久就會將它的命運埋藏在史前的土裡。不過，無論對正牌庫茲所破解的謎題是抱著惡魔般的熱愛或是神秘的憎恨，這愛與恨皆搶著占有那個幽魂，嚐飽原始情感的幽魂，渴望著虛名、營造功成名就假象的幽魂。

「他有時候會很幼稚，令人鄙視。他夢想當他從鳥不生蛋的地方回來時——他想在那裡完成豐功偉業——有國王會到車站迎接他[55]。『你要讓他們知道你身上潛藏著十分有利可圖的東西，如此你的能力將獲得賞識，無窮無盡，』他會說。『當然，你必須處理動機的問題——正當動機[56]——不管怎樣都要。』蒸汽船穿過許多綿延不絕的河道——始終如一、單調無趣的蜿蜒水道，看起來都一樣——而兩旁數以千計的神木也耐心望著這個從別的世界殘存下來的髒東西，改革的先驅，征服、貿易、屠殺[57]、賜福的先驅。我望著前方——駕著船。『把窗簾拉上，』有天庫茲突然說；『我實在看不下去。』我照辦。隨後一陣沉默。『喔，但是我會緊緊抓住你的心不放！』他朝看不見的荒野喊道。

---

53 the original Kurtz：指尚未墮落的庫茲，比喻庫茲的良心。
54 the hollow sham：指腐化的庫茲。
55 史坦利亦有此殊榮，見〈緒論〉。
56 right motives：征服異域最重要的就是「師出有名」。
57 關於新帝國主義征戰史裡被遺忘的屠殺事件，詳見Ian Hernon, *Massacres and Retributions: Forgotten Wars of the Nineteenth Century* (New York: Alan Sutton, 1998).

「我們又拋錨了——正如我所料[58]——得要停靠在小島的一端修理。這個延誤是第一件讓庫茲信心動搖的事。有天早上他交給我一包文件和一張相片——用鞋帶綁的。『幫我保管這個，』他說。『那討厭的傻蛋（指經理）趁我不注意的時候偷翻我的箱子。』[59]那天下午我遇見他。他閉眼躺著休息，我輕輕走開，可是我聽到他自言自語嘟噥著，『堂堂正正生活，要死，死得⋯⋯』我豎起耳朵。話沒講完。難道他在夢裡練習演講，還是這句話是來自報紙社論的隻字片語？他替報紙寫文章[60]，也計畫持續寫下去，『為了宣揚我的理念。這是我的義務。』

「他的義務則是一團無可知悉的黑暗。我看著他，猶如看到腳邊懸崖底下躺著一個人，漫無天日。可是我沒空理他，因為我得幫輪機工拆解漏氣的發動機、拉直彎掉的聯桿，諸如此類的事。我活在一團亂裡，亂到極點，有鐵銹、銼刀、螺帽、插銷、扳手、鐵鎚、搖鑽——令我作嘔的東西[61]，因為這些東西跟我不對味。船上幸好有個鍛鐵爐讓我冶鐵；我站在惱人的廢金屬堆裡作苦工——不然我的腳會抖到都站不起來。

「有天晚上我拿著蠟燭到艙內看他，很訝異聽他顫抖地說：

---

58 馬羅此時已經完全洞察經理拖延時間的陰謀。

59 經理顯然欲尋找庫茲的「商業機密」，如地圖一類。

60 1837年摩斯（Samuel F. B. Morse）發明電碼，1844年5月首次完成改良之電報系統。摩斯電報的發明開啟了新聞報導的新紀元，讓歐洲讀者迅速掌握非洲探險的最新發展。見David Livingstone, *The Life and African Explorations of Dr. David Livingstone* (1874; New York: Cooper Press, 2002), 168-9.

61 如馬羅先前所說，處理這些瑣碎的事物讓現實「逐漸消失⋯⋯而其包含的真相也隨之不見」。見第二節第五段。

『我躺在黑暗中,在這邊等著死亡的到來。』其實他眼前沒幾步就有光線。我勉強低聲擠出話來:『喔,亂講話!』,呆呆地俯視他。

「我從來沒見過有誰的面貌像他那樣轉變,希望再也不會見到那種景象。噢,我沒被感動。只是深深被吸引住。就好像有面紗被扯下一樣。在那張象牙般慘白的臉上,我看到許多表情,有鬱鬱寡歡的自尊心、殘暴無情的能力、膽小如鼠的恐懼——極度無望的絕望。在那悟道的緊要關頭[62],他是否有重溫舊夢再活一次,徹底歷經每個慾望、誘惑和膽怯?他看到某種意象、某種幻覺而低聲叫出來——他叫了兩聲,像呼氣一樣若有似無——

「『恐怖!恐怖!』[63]

「我把燭火吹熄,走出艙房。朝聖者都在餐廳吃飯,我坐的位子正對經理,他抬頭以質問的眼光看我,我如所願不理他。他靠著椅背,平靜安詳,露出獨有的微笑,將他深不可現的卑劣密封起來。一群小蒼蠅像下雨般源源不絕地流向燈火、衣服、還有我們的臉和手上。經理的小弟突然在門口探出他那傲慢無禮的黑頭,以尖酸刻薄的不屑口吻說——

「『庫茲ㄙㄧㄢ生——他死。』[64]

62　that supreme moment of complete knowledge:指下文所述庫茲臨死前的頓悟。

63　The horror! The horror!:庫茲的遺言是本故事最晦澀之處。「恐怖」有定冠詞,可為具體的「恐怖事物」(意識不清的庫茲看到可怕幻影),或是抽象的恐怖感言:1.庫茲哀嘆人心險惡(指陷害他的經理一夥)。2.庫茲感嘆貪婪之心毫無節制,自己反被「黑暗」所吞噬。3.庫茲發覺文明深層之野性與「退化」的快感,但因無法把持自我而心生恐懼。

「所有人都衝出去看。只有我留下繼續吃晚餐。我想，他們都以爲我很無情，麻木不仁。可是我吃不下。餐廳裡有燈火——光明，你們知道嗎——而餐廳外面實在是暗到極點，暗得要死。我不再靠近那個了不起的人，他對自己靈魂的俗世冒險已做出評價。聲音消失了。那裡不曉得還剩下什麼？只不過我當然知道隔天朝聖者把東西埋進爛泥洞裡去。

「後來他們差點也把我埋掉不管[65]。

「然而，如你們所料，我那時沒有當場加入庫茲，跟他作伴。我沒這麼做。我繼續留下來重頭到尾把噩夢做完，再次展現我對庫茲的忠誠。命運。我的命運！人生真是離奇古怪——是場神秘的安排，讓事件無情地發展下去，僅爲徒然無用的目的。對人生的期望頂多只是自我認知——往往會來不及——一連串揮之不去的遺憾。我曾與死亡搏鬥[66]。這是你所能想到最無聊的比賽。在一團無形的灰色裡進行這場競賽，腳下什麼都沒有，周圍什麼也沒有；沒有觀眾，沒有加油聲，沒有榮耀，沒有強烈的慾望要取勝，也沒有深刻的恐懼怕被打敗，在半信半疑懷疑態度的病態氣氛下[67]，不相信自己的實力，更不會相信對手有幾

（續）————————————

64　Mistah Kurtz—he dead：艾略特〈空人〉以此句當引言，寓意現代人偶像崇拜的悲慘命運。經理的小弟是「改良品種」，庫茲的死訊是由白人訓練出來的「工具」所宣告，這與庫茲的沉默子民——同樣也被白人利用——形成強烈對比。

65　buried me："bury" 除有上文「埋葬」（在爛泥洞裡埋屍體）之意，還有「棄之不顧」的意思。

66　康拉德早年曾自殺。這段經歷成爲《金箭》的題材。

67　in a sickly atmosphere of tepid scepticism：康拉德的作品最令讀者困擾之處在於並未提供困境的出路。康拉德批判政治架構與社會道德之餘

分能力。如果這就是終極睿智的樣子，那麼人生就是謎上加謎，比我們所想的還難解。我差點就有機會在最後關頭發表看法，而我羞愧地發現自己很可能沒什麼意見，無話可說。這就是我為何能如此肯定庫茲很了不起的原因。他有話要說。他把話說出來。因為我本身也曾站在界線上偷看另一邊，我最了解他凝視的意義，他的眼神雖然看不見燭光，卻廣闊到足以涵蓋整個宇宙，犀利到足以透視所有黑暗中跳動的心。他總結一切——也已做出評斷。『恐怖！』他實在很了不起。畢竟這句話表達了某種看法；話中有坦率、信念，低語中帶有回盪的叛逆之音，隱藏著驚鴻一瞥的真相之駭人面貌——包含渴望與厭惡的奇異組合。還有一點，我印象最深刻的不是自身的絕境——充滿痛楚的無形灰色光景，輕率蔑視世事的稍縱即逝——甚至對當前的痛苦不屑一顧。不是這樣！我所經歷過的似乎是他的絕境。沒錯，他跨出最後那一步，已超出界線，而我卻得以縮回猶豫不決的腳步[68]。或許就是這點讓我們兩者截然不同；或許所有智慧、所有真相、所有真誠都被壓縮到微不足道的瞬間裡，在我們跨越門檻、投身於無形的那一刻。或許吧！我倒情願我所做的評斷不再是輕率的鄙視之

（續）————

　　（如《諾斯楚摩》所示），往往同時強烈質疑存在的意義（ontology of existence）。在充滿懷疑論的作品深處，康拉德於政治及道德層面所呈現的模稜兩可常流於惱人難解的謎。關於康拉德的懷疑論，見Mark Wollaeger, *Joseph Conrad and the Fictions of Skepticism* (Stanford: Stanford University Press, 1990).

68　to draw back my hesitating foot：對「文明人」而言，庫茲的「退化」實為致命的吸引力。馬羅留給聽眾的難題是：要像庫茲一樣越界窺探人性真相，還是要像馬羅一樣守住黑暗的秘密——這兩種選擇到底哪一種較「黑暗」？

語。他的叫聲比我的好——好得太多。那是種斷言，道德的勝利，換來的代價卻是無數的挫敗、令人作嘔的恐懼、令人作嘔的滿足。但是這仍舊是場勝利！這就是為什麼我自始至終對庫茲忠心耿耿的緣故，甚至到他死後也是一樣，許多年後我不再聽到他的聲音，而是聽到他冠冕堂皇的雄辯的迴音，從與水晶懸崖一樣透明的幽靈身上傳過來的。

「沒錯，他們沒把我埋掉，雖然有一段期間模模糊糊記不清楚，讓我疑惑得不寒而慄，好像造訪過無法想像的世界，沒有希望，沒有慾念。我回到那座陰森之城[69]，看見街上的人潮就討厭，很討厭他們汲汲營營互相擷取小錢、猛吞爛菜餚、猛喝爛啤酒、各個都在做無足輕重的蠢夢。這些人擾亂我的思緒。對我而言，這些騷擾客對人生的了解都是惱人的假象，因為我深深覺得他們絕無法理解我所知道的事。他們的舉止就如同普通人在做自己的事那樣，僅為確保本身的安居樂業，我看了就氣，他們好像在無法領會的危險面前肆無忌憚地炫耀自身的愚昧[70]。我根本不想開導他們，我只能盡我所能克制自己，不要在他們面前笑出來——他們那種煞有其事的笨臉。我想那段期間我不太好。我跌跌撞撞地上街辦事——事情很多——在正派的好人面前苦笑著。我承認我的行為不可原諒，可是那時我的體溫不太正常[71]。我親

---

69 sepulchral city：公司總部所在，馬羅啟程前曾到此面談。

70 這些歐洲人很像追隨庫茲的「野人」，以無用的叫囂挑戰威脅（如運送庫茲回程一幕所示）。馬羅回到歐洲以後發覺錯置（displaced）的感觸：當其異域經歷愈不可知之際，歐洲對他來說也愈形黑暗。

71 令人想到馬羅啟程前醫生的警語：「在熱帶一定要保持鎮定。」（17）諷刺的是，馬羅已經返抵舒適的歐洲才「昏頭」。醫生先前的警語反

愛的阿姨努力『照顧我恢復體力』也不得要領。我的體力不需要
調養，需要療養的是我那充滿想像力的心。我保管著庫茲給我的
那包文件，不知如何是好。他母親不久前才剛過世，聽說是由他
的未婚妻照料的。有天一個油頭粉面、帶金邊眼鏡的人來找我問
話，一副官僚樣，起先拐彎抹角地說，後來竟老練地咄咄逼人要
詢問有關他所謂『文件』的事情。我一點也不訝異，因爲我跟經
理正因此事在那邊已經吵了兩次。包裹裡的東西我先前連一張小
紙屑都拒絕交出，現在對這個戴眼鏡的人我也抱持同樣態度。他
最後終於變得氣勢洶洶，很生氣地說總公司有權擁有關於其『領
土』的每一筆資料。他說：『想必庫茲先生非常了解尚未開發的
區域，見解必定透徹獨到──因爲他能力很強，也因爲他的處境
十分悲慘：所以──』我再三保證不管庫茲先生懂得再多，他所
知道的跟貿易和管理的問題無關。聽我這麼說，他於是提出科學
的名義。『那損失將無法估計，如果……』等等。我把『抑制蠻
風』的報告給他，附言已被我撕掉[72]。他急切拿起文件看，後來
卻不屑地嗤之以鼻。『我們有權希望看到的不是這種東西，』他
說。『除此之外，其他什麼也別想，』我說。『只剩私人信
件。』他恐嚇要訴諸法律行動後便離去，我以後再也沒遇到他；
不過兩天後又有另一個人來找我，自稱與庫茲是表兄弟，迫不及
待想知道有關他親戚臨終前的樣子。他不經意地告訴我庫茲其實
是個出色的音樂家。『具備無限成功的所有條件，』那個人說，

(續)────────────

　　而適用於家鄉，此乃空間的錯置。

72　附言即「把野蠻人通通幹掉！」馬羅扮演審查者的腳色，刻意保護庫
　　茲的形象。

我想他是管風琴家，灰髮直直地垂在油滑的外套領子上。沒有理由不相信他的話；至今我仍無法說出庫茲真正的職業，不曉得他到底有沒有職業——也不知道他哪項稟賦最強。我以為他是替報社寫文章的畫家[73]，或是懂繪畫的撰稿人——可是連他的表兄（跟我談話時還吸鼻煙）也說不出他是做什麼的——到底是什麼。事實上他是全才——這點我蠻同意那個老傢伙的，他用條大手帕大聲擤鼻涕，離開時老態龍鍾、滿臉焦慮，還帶走庫茲的家務信與一些無關緊要的備忘錄。最後來的是個記者，急於一探他『好同事』的下場。這位訪客告訴我，適合庫茲的領域應該是政治，『順應民意』的那方面。他的眉毛又濃又直，鋼硬的頭髮剪得短短的，眼鏡用寬絲帶繫著，他愈講愈豪爽，最後坦承告訴我其實他認為庫茲一點都不懂寫作——『可是，天啊！他實在會說話。盛大集會時，他總能激發聽眾。他有信念——難道你看不出來？——他心中有所信。他可讓自己相信任何事情——什麼事都行。他原本可成為優秀的領袖，領導激進的政黨[74]。』『什麼政黨？』我問。『任何一個，』他答。『他是一個——一個——激進分子。』我是否也這樣想？我點頭同意。他突然好奇地問我是否知道『是什麼誘使他到那邊去？』『我知道，』我說，馬上把庫茲那份得意的報告交給他出版，如果他認為可以出版的話。他從頭到尾很快翻看一下，邊看邊喃喃自語，看完後認為『應該沒問題，』就拿著這個戰利品離開。

---

73 馬羅從中央貿易站製磚師房間看到庫茲的畫作，首次得知庫茲這號人物：「他是憐憫、科學、進步的使者，鬼知道另外還代表什麼。」(37)

74 此段預言了20世紀獨裁政權的興起。

「於是我手邊最後只剩一小包信件與那個女子的肖像[75]。我覺得她很漂亮——我指的是她的神情很美。我知道光線有時可以用來騙人[76]，可是她的臉龐明暗有緻，逼真的樣子不像是能用光線和擺姿勢假造出來的。她看起來好像隨時都能無所保留地傾聽，絕不懷疑，也不會替自己考量。我決定親自把這幅肖像和信件送還給她。好奇心？沒錯；也可能還有其他想法。我已送走許多原本屬於庫茲的東西：他的靈魂、他的軀體、他的貿易站、他的計畫、他的象牙、他的職業。只剩下關於他的回憶與他的未婚妻——而我也想放棄這些東西，還給過去，就某些方面講——親自把他的遺風拱手讓給遺忘——遺忘是我倆共同命運的結語。我不會為我自己辯解。也不清楚自己想要什麼。我這麼做可能是潛意識的忠誠所致的衝動，或是為了滿足現實人生裡可笑的需要。我搞不清楚。說不上來。可是我還是去找她。

「我想關於他的回憶跟其他死者的回憶一樣，隨著人生愈積愈多——在匆促的最後之旅途中偶遇，虛實間在腦海裡留下模糊的印痕；然而，在高聳沉重的大門前、在聳立於街道兩旁的屋舍

---

75 the girl's portrait：如馬羅先前所說，這是張相片。1826年法國人 Joseph-Nicéphore Niépce發明照相術後，19世紀中葉以後照相已很普及。

76 19世紀中葉以後與照相術同樣具有實驗性的是印象派繪畫。印象主義強調瞬息萬變的自然，企圖捕捉多變的光影，反映事物不同層面的變異，這點非常類似康拉德的寫作風格：在虛實間試圖記錄瞬息萬變的人生。印象派大師莫內 (Claude Monet) 晚期著名的《蓮花池》(*The Water-lily Pond*) 正與〈黑暗之心〉同期：1899年。關於康拉德與印象主義之關聯，見John Peters, *Conrad and Impressionism* (Cambridge: Cambridge University Press, 2001)。

之間——這寂靜高雅的街道猶如墓園裡井然有序的走道，我卻看到躺在擔架上的他貪婪地張開嘴巴，彷彿要把這個世界連同人類全部一起吞下。他活生生地在我面前；以他一貫的態度活著——貪得無饜的幽魂，想要追求華麗的假象、可怕的真相；這個幽魂比黑夜還來得黑暗，身上高雅地裹著層層美麗動人的雄辯。這個幻影似乎跟著我一起進到那間房子裡——擔架、鬼魅般的挑夫、一大群狂野順從的膜拜者、陰沉的森林、昏暗的彎道間閃爍的河水、隆隆作響的鼓聲，如心跳般低沉有律——欲征服一切的黑暗之心。這是荒野勝利的一刻，報復性的衝鋒侵襲，而我覺得我必須獨自抵擋，才能解救另一個生靈[77]。我又再度想起他在遙遠的那邊對我所說的話，那時有角的形體在我身後騷動，在熊熊烈焰旁、寂靜的森林裡，那些斷言殘語再次在我耳中響起，簡單直接，既不祥又可怕。我想到他絕望無助的懇求、淒苦的威嚇、無窮無盡的邪惡慾望，還有他心靈的卑劣、折磨與劇烈的痛楚。隨後我好像又看到他鎮定下來的那種無精打采的模樣，他有天這麼說：『這批象牙其實是屬於我的。沒動到公司的錢。是我冒著生命危險自己搜集來的。可是我想他們還是會設法把這些占為己有。哼。這件事很難解決。你覺得我該怎麼辦——抗拒？哦？我只要討一個公道。』……他要的只是公道——只是討個公道。我在一樓的紅木門前按門鈴，當我在等人應門時，他似乎躲在玻璃窗格後面偷看我——用他那種寬廣深邃的眼神看著我，目光足以涵蓋、譴責、唾棄天地萬物。我好像聽到那低聲的喊叫，『恐

---

77 這是馬羅隨後對庫茲未婚妻說謊的原因。

怖！恐怖！』

「天漸暗下來。我在挑高的客廳等候，三扇落地長窗猶如掛著褶皺布條的光亮門柱。鍍金的桌椅彎腳和椅背閃閃發光，隱約顯露其凹凸有緻。高高的大理石壁爐如墓碑般冰冷潔白。平台鋼琴雄偉地立在角落；平坦的表面返照暗光，陰森昏暗，好像擦亮的石棺。高門打開──又關上。我起身。

「她朝我走來，一身黑衣，面色蒼白，在幽暗中飄然走向我。她在服喪。他已經死了一年多，消息傳回來也不只一年；她看起來好像念念不忘，要永遠哀悼。她握著我的手，低聲說：『聽說你要來。』我注意到她並不年輕──我的意思是她並不像小女孩那樣。她成熟到足以守貞、堅守信念、忍受煎熬。房子裡似乎變得更暗，好像傍晚的陰霾暗光全都躲到她的額頭上。她的秀髮、蒼白的容貌、清秀的前額都被灰白的光暈所環繞，烏黑的雙眸從中凝視著我。她的目光真誠、深邃、充滿信心、信賴別人的樣子。她抬起她那悲傷的頭，彷彿對悲傷感到十分自豪，好像在說：我──只有我──才知道要如何以他應得的方式哀悼他。可是當我們還在握手的時候，一股悲淒之情浮現在她的臉上，我就看得出其實她是拒絕被時間捉弄的那種人。對她而言，他昨天才剛死去。哎！這給人的印象實在強烈，連我也以為他好像昨天才剛過世──甚至好像當場才剛死去。剎那間我同時看見他們倆──他的死去與她的傷悲──他死的那一刻我就預見她的悲傷。你們能體會嗎？我同時看見他們倆，同時聽見他們倆。她哽咽地說：『我活過來了。』而我豎直的雙耳好像隱約聽見永遠有罪的他所低聲發出的總結斷言，與她絕望的惋惜聲交織在一起。

我問自己在那裡到底要做什麼，心生恐慌，好像一頭栽進生人勿
看既殘酷且荒謬的謎團。她指著椅子。我們各自坐下。我把包裹
小心放在茶几上，她馬上用手撫弄著。……『你跟他很熟，』一
陣哀悼靜默後，她喃喃自語說。

　　「『在那邊很快就會混熟，』我說。『我認識他就像人與人
之間彼此認識那樣。』

　　「『而你很崇拜他，』她說。『認識他後一定會崇拜他。不
是這樣嗎？』

　　「『他很了不起，』我聲音顫抖地說。看到她那懇切的凝視
似乎要我多說一點，於是我繼續說，『一定會——』

　　「『愛上他，』她殷切地把話接著說完，讓我啞口無言，驚
恐無語。『說得好！說得好！可是別忘記只有我最了解他！我得
到他崇高的信任。我最了解他。』

　　「『你最了解他，』我複誦著。或許如此吧。然而，房間隨
著每一句話變得愈來愈暗，只剩她光潔白皙的前額在屹立不搖的
信與愛的光輝中依然明亮。

　　「『你是他朋友，』她繼續說。『他朋友，』她再說一遍，
提高嗓音。『你一定是他的好友，因為他把這個託付給你，要你
交給我[78]。我覺得我可以告訴你心裡的話——喔！我一定要說出
來。我要你——你聽過他的臨終遺言——要你知道我配得上
他。……這不是自負。……沒錯！我很得意我比誰都了解他——
他親口對我說的。自從他母親過世以後，我就沒有人——沒有

78　其實庫茲自始至終都沒有交代馬羅有關其未婚妻的事。

人——可以——可以——』

「我聽著。黑暗又更暗黑了。我根本不確定他有沒有給對包裹。我還懷疑其實他要我保管的是另一包文件，他死後我曾看到經理在燈下獨自檢視[79]。那女孩繼續說著，對於我的同情感到信心滿滿，藉以減輕她的痛苦。聽說她家族反對她跟庫茲訂婚。他還不夠有錢，諸如此類的理由。實際上我也懷疑他這輩子的確是個窮光蛋。他曾透露一些事讓我得以推論，驅使他到那邊去的理由是因為他無法忍受自己比別人窮。

「……『只要聽過他說話，誰不會成為他的朋友？』她說著。『他能激發出人心最好的一面，讓人投入他的懷抱。』她深切地看著我。『這是偉人才有的稟賦，』她繼續說，似乎有許多其他聲音伴隨著她的低語，我曾聽過的聲音，充滿神秘、淒涼、悲傷——河水的漣漪、風中樹木搖擺的颯颯聲、群眾的低吟、隱約從遠方傳來聽不懂的話、隔著永遠黑暗的門檻悄然對我說的低語。『你聽過他的話！你知道！』她大聲說。

「『是的，我知道，』我答，心中陷入絕望，而我已臣服於她的信念、臣服於在黑暗裡詭譎發光的偉大救贖幻影，所向披靡的黑暗，在它面前我根本無法保護她——連我自己都無法保護[80]。

「『對我來說，真是天大的損失——對我們來說！』她改口，顯露開闊怡人的胸襟；她隨後低聲加上一句，『對全世界來

79　至於這包文件是否就是經理夢寐以求的「商業機密」，就不得而知了。

80　此乃馬羅「失敗的告白」。

說。』黃昏最後一道光芒中，我看到她閃爍的雙眼，淚汪汪——縈繞不去的淚水。

「『我很幸福——很幸運——很得意，』她繼續說。『太幸運了。一下子太幸福了。如今卻很悲慘——一輩子。』

「她起身；她的秀髮閃爍著金光，彷彿所有殘光都照到她頭上。我也站起來。

「『這一切，』她又說，極其哀悼，『他所有的承諾、他所有的豐功偉業、他的寬厚、他高尚的心，這一切都已不復存在——除了回憶，什麼都沒有。你和我——』

「『我們一定不能忘記他，』我趕忙接口。

「『怎麼會這樣！』她叫道。『怎麼可能失去這一切——這種生命怎可能犧牲後卻什麼也沒留下——只留下悲傷。你知道他胸懷大志。我也知道他的計畫——或許我無法了解——可是有人知道。一定要留下一些東西。至少他的話並沒有消失。』

「『他的話會流傳下去的，』我說。

「『還有他的典範，』她喃喃自語。『他受人崇拜——他所作所為都充滿美德。他的典範——』

「『沒錯，』我說；『還有他的典範。對，他的典範。我倒忘了。』

「『可是我沒忘記。我無法——無法相信——還不行。我無法相信再也見不到他了，再也不會有人見到他了，永遠不會、永遠不會、永遠不會。』

「她伸出雙臂，像在追趕隱退中的形體，她把雙手伸到窗口逐漸消失的窄光中，無限傷悲，她緊握住蒼白的手。怎麼可能再

也看不見他！那時我清清楚楚地看到他。我有生之年一定會再見到這個滔滔不絕的幽靈，我也將再次見到她，熟悉的悲劇幻影，其舉止讓我想起另一個幻影，同樣悲慘，裝飾著無用的魔力，伸出赤裸的棕黑手臂，襯著閃爍的地獄冥河，黑暗之川。她忽然壓低聲音說：『他活著的時候就漸漸死去了。』

「『他的結局，』我說，一股怒氣隱隱作弄，『在在顯示他活得很有意義。』

「『而我卻沒在他身旁，』她喃喃自語。我感到無限同情，不再氣憤。

「『可以做的都已——』我嘟噥說。

「『啊，我比誰都相信他——勝於他母親，更勝於——他自己。他需要我！我！我一定會珍惜每個嘆息、每句話、每個手勢、每個眼神。』

「我感到一陣寒顫，胸口作痛。『別這麼想，』我含糊說。

「『抱歉。我——我——默默哀悼太久了——默默地。……你陪著他——直到最後？我常想到他有多寂寞。他周圍沒人能像我這樣了解他。可能沒人能傾聽。……』

「『直到最後一刻，』我顫抖地說。『我聽到他的最後遺言。……』我心驚到說不下去。

「『說給我聽，』她以心碎的口吻低聲說。『我需要——需要——某些東西——某些東西——以便——以便伴我一生。』

「我差點對她大吼，『妳難道沒聽見？』夜幕在我們周圍持續不斷地重複低喃著那些話，這低喃似乎氣勢洶洶地揚起聲調，好像起風時所傳來的一陣低沉風聲。『恐怖！恐怖！』

「『要他的遺言——來陪伴我，』她執意說。『你難道不知道我愛他——我愛他——我愛他！』

「我把心情鎮定下來，然後慢慢地說。

「『他最後所說的是——你的名字。』

「我聽到一聲輕嘆，我的心隨後剎然停止，靜止不動，因我聽到一陣狂喜的哭聲，流露出無法想像的勝利喜悅與不可言喻的痛楚。『我就知道——我想的沒錯！』……她早就知道。她想的沒錯。我聽到她在哭泣；臉埋在手中。我覺得整棟房子要倒塌下來，逃也逃不掉，好像天要塌下來一樣。可是什麼也沒發生。僅僅這點小事是不會讓天塌下來的。我常在想，如果我以庫茲應得的公道回報他，天會不會塌下來？他不是告訴過我他只想討個公道？可是我做不到。無法告訴她實情[81]。那樣做的話，真的會太黑暗——全然黑暗。……」

馬羅說完話，獨自在一旁默默坐著，模糊難辨，猶如坐禪的佛陀。有一陣子都沒人動。「我們錯過第一波退潮了，」董事長突然說。我抬起頭來。一大塊烏雲黑鴉鴉地落在海平面上，那條通往天涯海角的寂靜大河在陰霾下陰沉地流著——彷彿流向無邊無際的黑暗之心。

---

81 關於此「失敗的告白」，見〈緒論〉最後的討論。

不朽Classic
黑暗之心

2006年8月初版　　　　　　　　　　　　　　　　定價：新臺幣250元
2024年12月二版
有著作權‧翻印必究.
Printed in Taiwan

著　　　者	Joseph Conrad	
譯 注 者	鄧　鴻　樹	
叢書主編	簡　美　玉	
校　　對	崔　小　如	
	陳　龍　貴	
封面設計	謝　佳　穎	

出　版　者	聯經出版事業股份有限公司	編務總監	陳　逸　華
地　　　址	新北市汐止區大同路一段369號1樓	總 編 輯	涂　豐　恩
叢書編輯電話	(02)86925588轉5318	總 經 理	陳　芝　宇
台北聯經書房	台北市新生南路三段94號	社　　長	羅　國　俊
電　　　話	(02)23620308	發 行 人	林　載　爵
郵 政 劃 撥 帳 戶 第 0100559-3號			
郵 撥 電 話	(02)23620308		
印　刷　者	世和印製企業有限公司		
總　經　銷	聯合發行股份有限公司		
發　行　所	新北市新店區寶橋路235巷6弄6號2樓		
電　　　話	(02)29178022		

行政院新聞局出版事業登記證局版臺業字第0130號

本書如有缺頁，破損，倒裝請寄回台北聯經書房更換。　　ISBN　978-957-08-7342-9 (平裝)
電子信箱：linking@udngroup.com

國家圖書館出版品預行編目資料

黑暗之心/ Joseph Conrad著 . 鄧鴻樹譯 . 二版 . 新北市 .
聯經 . 2024年12月 . 200面 . 14.8×21公分（不朽Classic）
譯自：Heart of darkness
ISBN 978-957-08-7342-9（平裝）

873.57   113004737